Le secret de
Wilhelm Storitz

Jules Verne

Le secret de Wilhelm Storitz

Version d'origine

Préface et notes d'Olivier Dumas,
président de la Société Jules Verne

Stanké

Données de catalogage avant publication (Canada)

Verne, Jules, 1828-1905
    Le Secret de Wilhelm Storitz
    ISBN 2-7604-0520-6

    I. Titre.

PQ2469.S4 1996   843' ,8   C96-9940066-7

Page couverture: (*illustration*) Francis Back
                      (*conception graphique*) Standish Communications
Montage: Olivier Lasser

ISBN 2-7604-0520-6

Dépôt légal – Bibliothèque nationale du Québec, 1996

Si vous souhaitez recevoir notre catalogue et être tenu au courant de nos publications, envoyez vos nom et adresse à l'adresse suivante:
Les éditions internationales Alain Stanké
1212, rue Saint-Mathieu
Montréal (Québec) H3H 2H7

IMPRIMÉ AU QUÉBEC (CANADA)

PRÉFACE
La passion de Wilhelm Storitz

En 1886, la mort de son éditeur libère Jules Verne; Pierre-Jules Hetzel le maintenait dans les limites étroites du «scientifique et du géographique[1]». Certes, Verne doit continuer à ménager son lectorat, sous la surveillance de Jules Hetzel, successeur de son père. Néanmoins, l'écrivain ose, peu à peu, aborder d'autres domaines: fantastique (*Le Sphinx des glaces*, *Cabidoulin*), satirique (*Sans dessus dessous*) ou passionnel (*Le Château des Carpathes*). Ces romans «extraordinaires» sortent, certes, de l'ordinaire, mais pas au sens où l'entend – et les attendent – les jeunes lecteurs. La critique boude, les ventes chutent et l'éditeur se plaint...

Aussi, par prudence, Verne met de côté ses romans «hors normes», avec l'espoir – lui qui «ne compte pas dans la littérature française[2]» – de prendre sa revanche après sa mort et d'être enfin apprécié pour ses qualités d'écrivain et non plus comme vulgarisateur.

---

1. «Évidemment, concède Jules Verne à Hetzel père en 1883, je me tiendrai toujours et le plus possible dans le *géographique* et le *scientifique*, puisque c'est le but de l'œuvre entière, mais [...] je tends à corser le plus possible ce qui me reste à faire de romans et en employant tous les moyens que me fournit mon imagination dans le milieu assez restreint où je suis condamné à me mouvoir.» (*BSJV*, n° 70, p. 59.)
2. Comme il s'en plaint à R. Sherard en 1893 («Jules Verne chez lui», *BSJV*, n° 95).

Hélas, les œuvres posthumes, chères à son cœur, seront dénaturées. L'éditeur, par intérêt commercial, veut les modifier et demande au fils de l'écrivain de les réécrire en y ajoutant de la science, des personnages pittoresques, des conclusions optimistes. Michel Verne prend goût à «corriger» les œuvres de son père et en trahit l'esprit. Triste sort des romans posthumes qui, ainsi falsifiés, perdent leur âme et ne peuvent être estimés à leur véritable valeur.

Heureusement, le destin veillait. En 1977, Piero Gondolo della Riva retrouve chez les descendants de l'éditeur les copies dactylographiées des manuscrits confiés par Michel Verne après la mort de l'écrivain. Le chercheur italien constate les divergences de ces frappes avec les livres parus et comprend leurs modifications. Dès lors s'imposait la publication des versions originales, les seules authentiques, des romans laissés par Verne. La Société Jules Verne s'y est consacrée, en éditant de 1985 à 1989, en tirage limité, Le Secret de Wilhelm Storitz, La Chasse au météore, En Magellanie, Le Beau Danube jaune et Le Volcan d'or.

Deuxième étape, restait à faire connaître au grand public ces textes ignorés. Les Éditions Stanké ont entrepris ces nécessaires réimpressions. Un siècle après leur création, les dernières œuvres verniennes retrouvent leurs qualités. L'écrivain, mieux compris – et relancé par le succès de Paris au XXe siècle –, affermit sa valeur littéraire, à l'aube du centenaire de sa mort, en 2005.

Le Secret de Wilhelm Storitz

En 1897, Verne lit, sans doute, un compte rendu de L'Homme invisible de George Wells et imagine, à l'inverse, une «fiancée invisible», titre trop explicatif sous lequel il désigne d'abord son roman. L'esprit des deux récits diffèrent: rude chez Wells, nostalgique chez Verne. Plus tard, vers 1901, l'écrivain reprend et modifie sa première mouture, pour la rendre plus sobre et concise.

Verne tient à son nouveau chef-d'œuvre, mais il craint les réactions d'Hetzel et hésite à le lui envoyer. Il en parle à plusieurs reprises et ne se décide qu'en septembre 1904:

«*Mer saharienne* [*L'Invasion de la mer*], dit-il à Hetzel, sera suivi du *Secret de Storitz*, un volume chacun, que je désire voir publier de mon vivant[3].»

L'éditeur, réticent devant le sujet, prévoit une parution pré-originale dans un journal pour adultes plutôt que dans le *Magasin d'Éducation*, destiné aux adolescents. Enfin, le 5 mars 1905, dix-neuf jours avant sa mort, l'écrivain confie son manuscrit, achevé et prêt à l'impression, avec quelques commentaires:

«*Storitz*, c'est l'invisible, c'est du pur Hoffmann, et Hoffmann n'aurait pas osé aller si loin. Il y aura peut-être un passage à adoucir pour le *Magasin*, car le titre de cet ouvrage pourrait être aussi *La Fiancée invisible*[4].»

Après la mort de Jules Verne, Hetzel lit le roman. Choqué par sa force, son action contemporaine, ses passions, son romantisme fantastique, l'éditeur repousse la parution d'un pareil *Storitz*. En 1909 seulement, après la parution des autres ouvrages posthumes, Michel Verne modifiera *Storitz* selon les directives d'Hetzel.

Le manuscrit de Storitz

Le manuscrit du *Secret de Wilhelm Storitz* offre un texte très travaillé. Les corrections sont nombreuses, surtout des suppressions, pour retenir l'essentiel. Des pages entières sont biffées, remplacées par une nouvelle rédaction en marge. On n'y relève pas les habituels lacunes et changements de noms des autres romans posthumes. L'auteur hésite seulement pour le nom du boulevard des maisons Roderich et Storitz: parfois «Tékéli», mais le plus souvent «Téléki», orthographe ici conservée, au contraire de Michel Verne qui choisit la première.

Dernière œuvre confiée du vivant de l'auteur, prête à paraître, *Storitz* n'exige aucune révision, même s'il lui manque l'ultime correction des épreuves, à laquelle nous avons tâché de suppléer en revoyant soigneusement cette réimpression.

---

3. Bibliothèque Nationale, f° 462.
4. J. Hetzel, «Note relative au manuscrit *Le Phare du bout du monde*», *BSJV*, n° 103, lettre 32 bis.

Le thème de l'invisibilité demeure présent dans l'œuvre de Jules Verne; ainsi dans *Le Château des Carpathes* – autre roman de passion, frère jumeau de *Storitz* qu'il précède – où déjà apparaît le fantôme d'une femme disparue, la Stilla, mais aussi – selon Philippe Lanthony – «divers personnages qui agissent et qu'on ne voit jamais ou après avoir agi de façon occulte, soit comme chef invisible (Hatteras), soit comme menace invisible (Silfax dans *Les Indes noires*, Wang dans *Les Tribulations d'un Chinois en Chine*), soit en protecteur invisible (Nell dans *Indes noires* et Nemo dans *L'Île mystérieuse*[5])».

Les paroles de Sandorf (dans *Mathias Sandorf*) donnent sans doute la clé du roman: «La mort ne détruit pas, elle ne rend qu'invisible.» Une femme aimée et disparue – comme celle qu'aima Jules Verne – reste dans le souvenir toujours aussi belle et présente que Myra Roderich, «rayonnante de jeunesse, de grâce et de beauté»: «Elle était, conclut Verne, l'âme de la maison, invisible comme une âme!» Le portrait lumineux de Myra, peint par Marc Vidal, garde sa fraîcheur et s'oppose au portrait maléfique d'Otto Storitz. Les héroïnes aussi féminines que Myra ne manquent pas chez Verne – contrairement à certain préjugé –, même si certaines restent dans l'ombre, deviennent folles ou disparaissent.

Le roman aurait pu aussi s'intituler *La Passion de Storitz*, car son secret n'a pour but que d'assouvir son amour exclusif, obsessionnel pour Myra; passion ardente, égoïste et criminelle qui étonnera ceux qui ne considèrent Verne que comme un géographe promenant ses héros en guide touristique. Le voyage d'Henry Vidal en Hongrie suscite des sentiments fort éloignés des grands principes d'éducation, fixés par Hetzel père. On comprend le haut-le-cœur de l'éditeur en découvrant les méfaits diaboliques de Wilhelm Storitz.

---

5. Philippe Lanthony, «Compléments sur *Storitz*», *BSJV*, n° 72.

Les transformations de Michel Verne

Quand Michel Verne se met à la tâche pour transformer *Storitz*, il ressent la puissance du roman et répugne à la détruire:

> «Au sujet de *Storitz*, dit-il à Hetzel en septembre 1909, j'ai passé mon temps à réfléchir à cette affaire sans me décider à travailler. [...] Finalement, j'ai pris le parti de ne rien changer à ce qui est. Le volume a des qualités plus grandes que celles que je pourrai lui donner, et, quant à ses défauts, ils sont irrémédiables. Mon rôle se bornera donc à retoucher ces points que vous m'avez signalés et à revoir au point de vue de la forme[6].»

Malheureusement, cette lucidité de Michel Verne est contrebattue par J. Hetzel qui exige le déplacement du temps de l'action, du XIXᵉ au XVIIᵉ siècle, sans doute pour rendre – à son point de vue! – l'histoire plus «crédible». À ce travail absurde, Michel Verne laisse échapper de multiples anachronismes. Le fils de l'écrivain supprime sans remplacer, le récit perd sa saveur et s'affadit. Plus de chemins de fer, de bateaux à vapeur, de mariage civil, d'habit noir, de références à Hoffmann, etc.

Plus tard, Michel Verne reproche à l'éditeur son idée saugrenue:

> «Pour *Storitz*, vous avez désiré cette chose considérable que le «Temps» du roman fût changé. Je n'ai jamais vu et je ne vois pas encore grand intérêt à cela. Néanmoins je me suis conformé à vos vues sans difficulté, ce qui a exigé *la refonte totale* du livre et la chasse à tous les mots modernes, tels que kilomètres, grammes, francs, facteur, etc. Peut-être en reste-t-il encore[7]!»

En effet, ne serait-ce que des valses et des mazurkas...

Michel modifie à son gré, introduit de nouveaux épisodes et se livre à des réflexions incongrues, comme celle-ci, au chapitre II de sa version:

> «Peut-être le lecteur s'étonne-t-il – en admettant que je doive avoir jamais des lecteurs! – de la complète banalité d'un voyage dont j'ai commencé par vanter l'étrangeté? S'il

---

6. *BSJV*, nº 104, lettre 58 du 9 septembre 1909.
7. *BSJV*, nº 115, lettre 96 du 9 avril 1913.

en est ainsi, qu'il prenne patience. Avant qu'il soit long-temps, on aura de l'étrange autant qu'on en peut désirer.»

Michel, incroyant, supprime toutes les allusions religieuses, telle la sacrilège destruction de l'hostie:

«L'hostie consacrée a été arrachée des doigts du vieux prêtre… ce symbole du Verbe incarné vient d'être saisi par une main sacrilège! Puis, elle est déchirée, et les morceaux en sont lancés à travers le chœur...» (chap. XII).

De quoi épouvanter les lecteurs catholiques! Michel remplace cet acte profanateur par une blague de collégiens, un jet des alliances «qui volèrent à travers la nef». Le fils de l'écrivain n'a pas compris que cette agression dans une église sans réaction divine renforce l'angoisse et manifeste les doutes religieux de son père qui ironise en affirmant auparavant: «[...] ce n'était pas dans une église que cette intervention [démoniaque] aurait pu s'exercer. Est-ce que la puissance du Diable ne s'arrête pas au seuil du sanctuaire de Dieu?...» (chap. XII). Et pourtant…

Enfin, trahison la plus grave, Michel Verne fait réapparaître Myra. Verne transmet dans ce roman-testament un ultime message: l'œuvre artistique – le tableau et ce «voyage extraordinaire» – représente le réel, symbole d'éternité. Le personnage se sacrifie pour les faire vivre. Michel Verne, incapable de percevoir ce sens profond, insensible à la poétique présence/absence de Myra, choisit une fin heureuse, commettant à son tour un sacrilège envers la littérature.

La mort vaincue

Jules Verne, on le sait aujourd'hui, a souffert de la mort d'une maîtresse bien-aimée. Il associe cette disparition à la perte de son premier amour, Herminie, enlevée à sa passion de jeune homme et mariée contre son gré. On ne cesse de trouver dans l'œuvre vernienne des hommes au cœur brisé face à un rival triomphant. Un critique a même défini ce «complexe d'Herminie[8]».

---

8. Ch. Chelebourg, «Le blanc et le noir», *BSJV*, n° 77.

Les héroïnes, selon Jean-Pierre Picot, ont un sombre destin: «Ellen (dans *Les Indes noires*), on la prend pour un fantôme, et elle est folle; Laurence (dans *La Maison à vapeur*), on la croit morte, et elle est folle; la Stilla (dans *Le Château des Carpathes*), on la croit folle, et elle est morte; enfin, Myra, on la croit disparue, et elle est invisible[9].»

Étonnante variété sur un même thème obsessionnel. Dans son dernier chef-d'œuvre, *Le Secret de Wilhelm Storitz*, Verne manifeste également son angoisse devant sa mort prochaine, seulement apaisée par le souvenir de son «égérie»: présence éternelle, invisible pour tous mais vivante dans son cœur. La mort est vaincue par la vie de l'œuvre d'art, comme l'exprime E. Poe dans «Le Portrait ovale[10]», source d'inspiration pour Verne. Déjà, dans *Monna Lisa* (1851-1855), le jeune auteur avait compris qu'une «œuvre d'art ne s'accomplit qu'au prix de la disparition de son modèle[11]». Dans le récit de Poe, le peintre s'extasie devant son portrait: «En vérité, c'est la Vie elle-même!» Dans *Storitz*, Marc Vidal s'exclame devant celui de Myra: «[...] plus ressemblant que nature! [...] il me semblait que le portrait allait prendre vie [...]» (chap. III).

Pensée profonde et toujours conservée, car, des années après avoir écrit *Monna Lisa*, Verne en fait la lecture, en 1874, à ses collègues de l'Académie d'Amiens.

Le héros de Poe «se retourne brusquement pour regarder sa bien-aimée: – elle était morte!» Marc Vidal perd aussi son épouse devenue invisible, mais, par son portrait, elle reste encore visible: «Vous me voyez comme je me vois», dit-elle, belle pour toujours.

OLIVIER DUMAS
Président de la Société Jules Verne

---

9. J.-P. Picot, «La mort-vivante et la femme sans ombre», *Jules Verne 5*, 1987.
10. E. Poe, «Le Portrait ovale», dans *Nouvelles Histoires extraordinaires*, trad. de Ch. Baudelaire.
11. J. Verne, *Monna Lisa*, L'Herne, coll. «Confidences», 1995.

I

«... **E**t arrive le plus tôt que tu pourras, mon cher Henry. Je t'attends avec grande impatience. D'ailleurs, le pays est magnifique et un ingénieur trouvera beaucoup à voir dans cette région industrielle de la Basse-Hongrie. Tu ne regretteras pas ton voyage.

À toi de tout cœur

Marc Vidal»

Je ne regrette pas ce voyage, mais ai-je raison de le raconter? N'est-il pas de ces choses qu'il vaut mieux ne point dire, et d'ailleurs, qui ajoutera foi à cette histoire?...

Il me vient à l'idée que le Prussien de Königsberg, Wilhelm Hoffmann, l'auteur de *La Porte murée*, du *Roi Trabacchio*, de *La Chaîne des destinées*, du *Reflet perdu*[1], n'eût peut-être pas

---

1. L'édition moderne des *Contes et Dessins – Romans courts* d'Hoffmann, établie par Albert Béguin, donne pour ces œuvres les titres suivants, entre parenthèses: *La Porte murée* (Le Majorat), *Le Roi Trabacchio* (Ignace Denner: un épisode seulement), *La Chaîne des destinées* (L'Enchaînement des choses), *Le Reflet perdu* (Aventure de la nuit de la Saint-Sylvestre).
Jules Verne cite les titres des *Contes fantastiques de Hoffmann* dans la traduction de P. Christien, Lavigne, 1843, édition qui vaut surtout par ses excellentes illustrations dues à Gavarni.

osé publier ce récit, et qu'Edgar Poe même dans ses *Histoires extraordinaires* n'eût pas osé l'écrire!

Mon frère Marc, alors âgé de vingt-huit ans, avait déjà obtenu de grands succès aux Salons comme peintre de portraits. La médaille d'or et la rosette d'officier de la Légion d'honneur, c'était justice de les lui avoir accordées. Il occupait un haut rang dans l'art des portraitistes de son temps, et Bonnat pouvait être fier de l'avoir eu pour élève.

La plus tendre, la plus étroite affection nous liait l'un à l'autre. De ma part, un peu d'amour paternel, car j'étais son aîné de cinq ans. Nous avions été, jeunes encore, privés de notre père et de notre mère, et c'était moi, le grand frère, qui avait dû faire l'éducation de Marc. Comme il montrait d'étonnantes dispositions pour la peinture, je l'avais poussé vers cette carrière où l'attendaient des succès si personnels et si mérités.

Mais voici que Marc était à la veille de s'engager sur une voie unique, où l'on risque parfois d'être bloqué, que l'on veuille bien accepter cette expression empruntée à la technologie moderne. Pourquoi s'étonner, après tout, si elle vient sous la plume d'un ingénieur de la Compagnie du Nord?

En effet, il s'agissait d'un mariage. Depuis quelque temps déjà, Marc résidait à Ragz, une importante ville de la Hongrie méridionale. Plusieurs semaines passées à Budapest, la capitale, où il avait fait un certain nombre de portraits très réussis, très largement payés, lui avaient permis d'apprécier l'accueil qui attend en Hongrie les artistes et particulièrement les artistes français, des frères pour les Magyars. Puis, son séjour achevé, au lieu de prendre la ligne de Pest à Szegedin, dont un embranchement se raccorde avec Ragz, il avait descendu le Danube jusqu'à ce chef-lieu du comitat.

Parmi les plus honorables familles de la ville, on citait celle du docteur Roderich, l'un des plus en renom de toute la Hongrie. À un patrimoine déjà considérable, il joignait une belle fortune acquise dans la pratique de son art. Chaque année, il consacrait un mois à des voyages en France, en Italie, en Allemagne. Les riches malades attendaient impatiemment son retour, les pauvres aussi, car il ne leur refusait jamais ses services, et sa charité ne dédaignait pas les plus humbles, ce qui lui valait l'estime de tous.

La famille Roderich se composait uniquement du docteur, de sa femme, de son fils, le capitaine Haralan, et de sa fille Myra. Marc n'avait pu fréquenter cette hospitalière maison sans être touché de la grâce, de l'amabilité, du charme de cette jeune fille, et, probablement, était-ce la raison pour laquelle son séjour se prolongeait à Ragz. Bref, si Myra Roderich lui avait plu, ce n'est pas trop s'avancer de dire qu'il avait dû plaire à Myra Roderich. On voudra bien m'accorder qu'il le méritait! Oui! un brave garçon, d'une taille au-dessus de la moyenne, les yeux bleus très vifs, les cheveux châtains, le front d'un poète, la physionomie heureuse de l'homme à qui la vie s'offre sous ses plus riants aspects, le caractère souple, le tempérament d'un artiste fanatique des belles choses, et je ne doutais pas qu'il ait été guidé par un sûr instinct dans le choix qu'il avait fait de cette jeune Hongroise.

Je ne connaissais Myra Roderich que par la peinture en-flammée des lettres de Marc, et je brûlais du désir de la con-naître. Il me priait de venir à Ragz comme chef de la famille, et il n'entendait pas que mon séjour durât moins de cinq à six semaines. Sa fiancée – il ne cessait de me le répéter – désirait me connaître... Dès mon arrivée, on fixerait la date du mariage. Auparavant, Myra voulait avoir vu, de ses yeux vu, son futur beau-frère, dont, paraît-il, on lui disait tant de bien sous tous les rapports – voyez-vous cela!... C'est le moins qu'on puisse juger par soi-même les membres de la famille où l'on va entrer... Non, assurément, elle ne prononcerait le oui fatal qu'après qu'Henry lui aurait été présenté par Marc,... et mille prétentions de ce genre!...

Tout cela, mon frère me le contait dans ses fréquentes lettres avec beaucoup d'entrain, et je le sentais éperdument amoureux de Mlle Myra Roderich.

J'ai dit que je ne la connaissais que par les phrases en-thousiastes de Marc. Et, cependant, il eût été facile, n'est-il pas vrai, de la placer, revêtue de sa plus jolie toilette, dans une pose gracieuse, quelques secondes seulement, devant un objectif. J'aurais pu l'admirer *de visu* pour ainsi dire, si Marc m'eût en-voyé sa photographie... Eh bien non! Myra ne l'avait pas voulu... C'était en personne qu'elle paraîtrait pour la première fois à mes yeux éblouis, affirmait Marc. Aussi, je le pense, il n'avait pas dû insister pour qu'elle se rendît chez le photographe!... Non! ce que tous deux prétendaient obtenir, c'était que l'ingénieur Henry Vidal mît de côté ses occupations, et vînt se montrer dans les salons de l'hôtel Roderich en tenue de premier invité.

Fallait-il donc tant de raisons pour me décider? Non, certes, et je n'aurais pas laissé mon frère se marier sans être présent à son mariage. Dans un délai assez court, je comparaîtrais donc devant Myra Roderich, et avant que, de par la loi, elle fût devenue ma belle-sœur.

Du reste, ainsi que me le marquait la lettre, j'aurais grand plaisir et grand profit à visiter cette région de la Hongrie qui attire volontiers les touristes. C'était là le pays magyar par excellence, dont le passé est riche de tant de faits héroïques, et qui, rebelle encore à tout mélange avec les races germaniques, occupe une grande place dans l'histoire de l'Europe centrale.

Quant au voyage, voici dans quelles conditions je résolus de l'effectuer, – par le Danube à l'aller, par les chemins de fer au retour. Tout indiqué, ce magnifique fleuve que je ne prendrais qu'à Vienne, et si je ne parcourais pas les deux mille sept cent quatre-vingt-dix kilomètres de son cours, j'en verrais du moins la partie la plus intéressante à travers l'Autriche et la Hongrie, Vienne, Presbourg, Gratz, Budapest, Ragz près de la frontière serbienne. Là serait mon terminus, et le temps me manquerait pour aller jusqu'à Semlin, jusqu'à Belgrade. Et, cependant, combien de villes superbes que le Danube arrose encore de ses eaux puissantes, alors qu'il sépare la Valachie, la Moldavie, la Bessarabie du royaume bulgare, après avoir franchi les fameuses Portes de Fer, Viding, Nicopoli, Roustchouk, Silistrie, Braïla, Galitz, Izmaïl, jusqu'à sa triple embouchure sur la mer Noire!

Il me sembla qu'un congé de six semaines devait suffire au voyage tel que je le projetais. J'emploierais une quinzaine de jours entre Paris et Ragz; Myra Roderich voudrait bien ne pas trop s'impatienter, et accorder ce délai à l'excursionniste. Après un séjour de même durée près de mon frère, le reste du congé serait employé au retour en France.

Je fis donc ma demande à la Compagnie du Nord, et cette demande fut acceptée. Après avoir mis ordre à quelques affaires urgentes, et m'être procuré les papiers réclamés par Marc, je m'occupai de mon départ.

Cela n'exigerait que peu de temps, et je ne serais pas encombré de bagages, la petite valise à la main, et le sac à l'épaule.

Je n'avais point à m'inquiéter de la langue du pays, du moins de l'allemand qui m'était familier depuis un voyage à travers les provinces du nord. Quant à la langue magyare, peut-être n'éprouverais-je pas trop d'embarras à la comprendre. D'ailleurs, le français est couramment parlé en Hongrie – du moins dans les hautes classes, et de ce chef, mon frère n'avait jamais été gêné au-delà des frontières autrichiennes.

«Vous êtes Français, vous avez droit de cité en Hongrie, disait un député de la Diète à l'un de nos compatriotes», et, dans cette phrase très cordiale, il se faisait l'interprète des sentiments du peuple magyar à l'égard de la France.

J'écrivis donc à Marc en réponse à sa dernière lettre, en le priant de déclarer à Mlle Myra Roderich que mon impatience égalait la sienne, que le futur beau-frère brûlait du désir de connaître la future belle-sœur, etc. J'allais partir sous peu, mais je ne pouvais préciser le jour de mon arrivée à Ragz, étant livré sur le *dampfschiff* aux caprices du beau Danube bleu, ainsi que le qualifie une valse célèbre. Enfin je ne m'attarderais pas en route, mon frère pouvait y compter, et si la famille Roderich le voulait, elle pouvait dès à présent fixer aux premiers jours du mois de mai la date du mariage. J'ajoutais: Prière de ne point me couvrir de malédictions si, pendant le voyage, chacune de ses étapes n'est pas marquée par l'envoi d'une lettre indiquant ma présence en telle ou telle ville. J'écrirai quelquefois, juste assez pour permettre à Mlle Myra d'évaluer le nombre de kilomètres qui me sépareront encore de sa ville natale... Et, dans tous les cas, j'expédierai en temps voulu un télégramme, dont la clarté égalera la concision, et par lequel, au jour, à l'heure et à la minute près, si le *dampfschiff* n'a pas de retard, j'annoncerai mon arrivée à Ragz.

Puisque je ne devais m'embarquer sur le Danube qu'à Vienne, j'avais prié le secrétaire général de la Compagnie de l'Est de me procurer une passe régulière avec arrêts facultatifs aux diverses stations comprises entre Paris et la capitale de l'Autriche. Ce sont des services qui se rendent de compagnie à compagnie, et la demande ne souleva aucune difficulté.

La veille de mon départ, le 4 avril, j'allai donc au bureau du secrétaire général lui faire mes adieux et retirer ma passe. Dès qu'il me l'eut remise, il me fit ses compliments, en disant qu'il savait pourquoi je me rendais en Hongrie, le mariage de mon frère Marc Vidal, qu'il connaissait à la fois comme peintre et comme homme du monde.

«Je sais en outre, ajouta-t-il, que la famille du docteur Roderich, dans laquelle va entrer votre frère, est une des plus honorables de Ragz.

— On vous en a parlé? répondis-je.

— Oui, précisément hier, à la soirée de l'ambassade d'Autriche, où je me trouvais.

— Et de qui tenez-vous?...

— D'un officier de la garnison de Budapest qui a été en relation avec votre frère pendant son séjour dans la capitale hongroise, et il m'en a fait le plus grand éloge. Son succès y fut très vif, et l'accueil qu'il avait reçu à Budapest, il l'a retrouvé à Ragz, ce qui ne saurait vous surprendre, mon cher Vidal...

— Et, demandai-je, cet officier n'a pas été moins élogieux en ce qui concerne la famille Roderich?...

— Assurément. Le docteur est un savant dont le renom est universel dans le royaume d'Austro-Hongrie. Toutes les distinctions lui ont été attribuées, et, au total, c'est un beau mariage que fait là votre frère, car, paraît-il, Mlle Myra Roderich est une fort jolie personne...

— Je ne vous étonnerai pas, mon cher ami, répliquai-je, en vous affirmant que Marc la trouve telle, et qu'il me semble en être très épris!

— C'est au mieux, mon cher Vidal, et vous voudrez bien transmettre mes compliments à votre frère. Mais... à propos... Je ne sais si je dois vous dire...

— Me dire?... quoi?...

— Marc ne vous a jamais écrit que, quelques mois avant son arrivée à Ragz…

— Avant son arrivée?... répétai-je.

— Oui... Mlle Myra Roderich... Après tout, mon cher Vidal, il est possible que votre frère n'en ait rien su...

— Expliquez-vous, cher ami, car je ne suis pas au courant, et Marc ne m'a jamais fait aucune allusion...

— Eh bien, il paraît, – ce qui ne saurait surprendre – que Mlle Roderich avait été déjà très recherchée, et, plus assidûment par un personnage qui, après tout, n'est pas le premier venu. C'est, du moins, ce que m'a raconté mon officier de l'ambassade, lequel, il y a trois semaines, se trouvait encore à Budapest...

— Et ce rival?...

— Il a été éconduit par le docteur Roderich. Je pense donc que, de ce chef, il n'y a rien à craindre...

— Rien à craindre, en effet, car Marc m'eût parlé de ce rival dans ses lettres. Or, il ne m'en a pas soufflé mot, et, il ne faut, je pense, ajouter aucune importance à cette rivalité...

— Non, mon cher Vidal, et cependant, les prétentions de ce personnage à la main de Mlle Roderich ont fait quelque bruit à Ragz, et mieux vaut que vous en soyez informé...

— Sans doute, vous avez bien fait de me prévenir, puisqu'il ne s'agit pas là d'un simple racontar...

— Non, l'information est très sérieuse...

— Mais l'affaire ne l'est plus, répondis-je, et c'est le principal!»

Et, comme j'allais prendre congé:

«À propos, mon cher ami, demandai-je, est-ce que l'officier a prononcé devant vous le nom de ce rival?...

— Oui.

— Et il se nomme?...

— Wilhelm Storitz.

— Wilhelm Storitz?... Le fils du chimiste de ce nom?

— Précisément.

— Un savant très connu par ses découvertes physiologiques!...

— Et dont l'Allemagne est très fière à juste titre, mon cher.

— N'est-il pas mort?...

— Oui, il y a quelques années, mais son fils est vivant, lui, et même, d'après mon interlocuteur, ce Wilhelm Storitz est un homme dont il faut se défier...

— Et l'on s'en défiera, mon cher ami, en attendant que Mlle Myra Roderich soit devenue Mme Marc Vidal.»

Là-dessus, et sans m'inquiéter autrement de cette information, le secrétaire et moi, nous échangeâmes une cordiale
poignée de main, et je rentrai chez moi achever mes préparatifs
de départ.

II

Je quittai Paris le 5 avril, à sept heures quarante-cinq du matin, par le train 173, gare de l'Est. En moins de trente heures, je serais arrivé dans la capitale de l'Autriche.

Sur le territoire français les principales stations furent Châlons-sur-Marne et Nancy. En traversant la regrettée Alsace-Lorraine, le train ne fit qu'une courte halte à Strasbourg, et je ne descendis même pas de wagon. C'était déjà trop de ne plus se sentir au milieu de compatriotes. Lorsque je fus hors de la ville, en me penchant par la portière, la grande flèche, le Munster, m'apparut toute baignée des derniers rayons du soleil, qui, à l'instant où son disque s'abaissait vers l'horizon, lui venaient du côté de la France.

La nuit se passa dans le roulement des wagons, dans leur trépidation sur les rails, au milieu de cette monotonie bruyante, qui finit par vous endormir même pendant les temps d'arrêt. Parfois, à intervalles irréguliers, retentirent à mes oreilles les noms d'Oos, de Bade, de Carlsruhe et quelques autres, jetés par la voix glapissante des conducteurs. Puis, dans la journée du 6 avril, quelques vagues silhouettes entrevues, je laissai en arrière ces villes dont les noms ont si glorieusement marqué pendant la période napoléonienne, Stuttgart et Ulm en Wurtemberg, en Bavière Augsbourg et Munich. Puis, près de la frontière autrichienne, une halte plus prolongée arrêta notre train à Salzbourg.

Enfin, l'après-midi, on fit station en plusieurs points du territoire, entre autres Wels, et, à cinq heures trente-cinq, la locomotive poussait ses derniers hennissements mélangés de sifflets en gare de Vienne.

Je ne restai que trente-six heures, dont deux nuits, dans cette capitale, n'ayant pris que le hasard pour guide. C'est à mon retour que je comptais la visiter en détail. Il faut sérier les étapes d'un voyage, comme il faut sérier les questions, à ce que disent les hommes de gouvernement.

Vienne n'est ni traversée ni bordée par le Danube. Je dus faire environ quatre kilomètres en voiture pour atteindre l'embarcadère du *dampfschiff* qui allait descendre jusqu'à Ragz. Nous n'étions plus en 1830, au début de la batellerie fluviale, et les services de navigation ne laissaient rien à désirer.

Sur le pont du *Mathias Corvin* et à l'intérieur des roufs, il y avait un peu de tout, et j'entends par là un peu de tout monde, des Allemands, des Autrichiens, des Hongrois, des Russes, des Anglais. Les passagers occupaient l'arrière, car les marchandises encombraient l'avant, au point que personne n'y eût trouvé place. Parmi ces passagers, en cherchant bien, j'eusse sans doute rencontré de ces Polonais, en costume hongrois, qui ne savaient que l'italien, et dont parle M. Duruy, dans le récit de son voyage de 1860 entre Paris et Bucharest.

Le *dampfschiff* descendait rapidement, battant de ses larges roues les eaux jaunâtres du beau fleuve, car elles paraissent plutôt teintes d'ocre que d'outre-mer, quoi qu'en dise la légende. De nombreux bateaux le croisaient, leurs voiles tendues à la brise, transportant les produits de la campagne qui s'étend à perte de vue sur les deux rives. On passe également près de ces immenses radeaux, ces trains de bois formés d'une forêt tout entière, où sont établis des villages flottants, bâtis au départ, détruits à l'arrivée, et qui rappellent les prodigieuses jangadas brésiliennes de l'Amazone. Puis, les îles succèdent aux îles, capricieusement semées, grandes ou petites, la plupart émergeant à peine, et si basses parfois, qu'une crue de quelques pouces les eût submergées. Le regard se réjouissait à les voir si verdoyantes, si fraîches, avec leurs lignes de saules, de peupliers, de trembles, leurs humides herbages piqués de fleurs aux couleurs vives.

Nous longions aussi des villages aquatiques, élevés à l'accore des rives. En filant à toute vapeur, il semble que le *dampfschiff* les fasse osciller sur leurs pilotis. Puis, il passait sous une corde

tendue d'une berge à l'autre, au risque d'y accrocher sa cheminée, la corde d'un bac que supportaient deux perches surmontées du pavillon autrichien à l'aigle noir.

En aval de Vienne, j'avais eu le souvenir d'un grand fait
historique, la célèbre date du 6 juillet 1809, en voyant une île
circulaire, dont le diamètre dépasse une lieue, boisée à ses rives,
toute en plaines à l'intérieur, sillonnée de bras à sec que rem-
plissent parfois les crues du fleuve. C'était l'île de Lobau, ce
camp retranché d'où cent cinquante mille Français effectuèrent
le passage du Danube avant que Napoléon les conduisît aux
victoires d'Essling et de Wagram.

Pendant cette journée nous perdîmes de vue Fischamout,
Rigelsbrunn, et le *Mathias Corvin* relâcha, le soir, à l'embouchure de la March, un affluent de gauche, qui descend de la
Moravie, à peu près à la frontière du royaume magyar. C'est là
qu'il passa la nuit du 8 au 9 avril, et il repartit le matin, dès
l'aube, entraîné par le courant à travers ces territoires où, au sei-
zième siècle, les Français et les Turcs se battirent avec tant
d'acharnement. Enfin, après avoir débarqué et embarqué des
passagers à Pétronell, à Altenbourg, à Hainbourg, après avoir
franchi le défilé de la Porte de Hongrie, après que le pont de
bateaux se fut ouvert devant lui, le *dampfschiff* arriva au quai de
Presbourg.

Cette relâche de vingt-quatre heures, nécessitée par le
mouvement des marchandises, – après trois cents kilomètres
parcourus depuis Vienne, – me permit de visiter cette ville,
digne de l'attention des touristes. Elle a véritablement l'air
d'être bâtie sur un promontoire. Ce serait la mer qui s'étendrait
à ses pieds, et dont les lames roulantes baigneraient sa base au
lieu des eaux calmes d'un fleuve, qu'il n'y aurait pas lieu d'en
être surpris. Au-dessus de la ligne de ses magnifiques quais se
dessinent les silhouettes de maisons construites avec une remarquable régularité et de beau style. À l'extrémité du cap en
amont où semble finir la rive gauche, se dresse la flèche aiguë
d'une église, et à l'extrémité en amont pointe une seconde
flèche, entre lesquelles s'arrondit l'énorme colline où s'accro-
che le château.

Après la cathédrale, dont la coupole se termine par une couronne dorée, j'admirai les nombreux hôtels, quelquefois des

palais, qui appartiennent à l'aristocratie hongroise. Puis je fis l'ascension de la colline et visitai le vaste château, bâtisse quadrangulaire, avec tours à ses angles, presque une ruine totale. Peut-être pourrait-on regretter d'être monté jusque-là, si la vue ne s'étendait largement sur les superbes vignobles des environs et la plaine infinie où se déroule le Danube.

Presbourg, où se faisaient reconnaître jadis les rois de Hongrie, est la capitale officielle magyare et le siège de la Diète, la Saoupchtina, qui se tint à Budapest jusqu'à l'occupation ottomane dont la durée dépassa un siècle et demi entre 1530 et 1686. Mais bien qu'elle compte quarante-cinq mille habitants, cette ville ne paraît peuplée que pendant la session de la Diète, alors qu'y affluent les députés du royaume.

Je dois ajouter que pour un Français le nom de Presbourg est étroitement lié au glorieux traité qui fut signé en 1805, après la bataille d'Austerlitz.

En aval de Presbourg, dans la matinée du 11 avril, le *Mathias Corvin* s'engagea à travers les plaines immenses de la Puszta. C'est la steppe russe, c'est la savane américaine, et elle embrasse toute la Hongrie centrale. Un territoire véritablement curieux, avec ses pâturages dont on ne voit pas la fin, que parcourent, quelquefois dans une galopade échevelée, d'innombrables bandes de chevaux, et qui nourrit des troupeaux de bœufs et de buffles par milliers de têtes.

Là se développe en ses multiples zigzags le véritable Danube hongrois. Il y prend des allures de grand fleuve, déjà nourri de puissants tributaires venus des Petites Carpates ou des Alpes styriennes, après n'avoir guère été que rivière dans sa traversée de l'Autriche.

Et je ne pouvais oublier qu'il prend naissance dans le grand-duché de Bade, presque à la frontière française, alors qu'elle limitait notre Alsace-Lorraine! À cette époque, c'étaient encore les pluies de France qui lui apportaient les premières eaux de son cours!

Arrivé le soir à Raab, le *dampfschiff* s'amarra au quai pour la nuit, la journée du lendemain et la nuit suivante. Douze heures me suffirent à visiter cette cité, le Györ des Magyars, plus forteresse que ville, avec vingt mille habitants, située à soixante kilomètres de Presbourg, et qui fut si éprouvée pendant le soulèvement hongrois de 1849.

À une dizaine de kilomètres au-dessous de Raab, le lendemain, je pus, sans m'y arrêter, apercevoir la célèbre citadelle de Cromorn, où se joua le dernier acte de l'insurrection, forteresse que Mathias Corvin avait créée de toutes pièces au quinzième siècle.

Je ne sais rien de plus beau que de s'abandonner au courant du Danube en cette partie du territoire magyar. Toujours les méandres capricieux, les coudes brusques qui varient le paysage, les îles basses, à demi noyées, au-dessus desquelles voltigent grues et cigognes. C'est la Puszta dans toute sa magnificence, tantôt en prairies luxuriantes, tantôt en collines qui ondulent à l'horizon. Là prospèrent les vignobles des meilleurs crus de la Hongrie, le pays qui vient après la France, avant l'Italie et l'Espagne pour la production du vin. Vingt millions d'hectolitres – et le Tokay en a sa part – cette récolte, dit-on, est presque tout entière consommée sur place. Je ne cache point que je m'en suis offert quelques bouteilles, soit dans les hôtels, soit à bord du *dampfschiff*. Autant de moins pour les gosiers magyars.

À noter que les progrès en culture s'accroissent d'année en année dans la Puszta. Des canaux d'irrigation y ont été creusés et lui assurent pour l'avenir une extrême fertilité. On y a planté des millions d'acacias et ces arbres, disposés en longs et épais rideaux, protègent le sol contre les mauvais vents. Aussi le temps n'est-il pas éloigné où les céréales et le tabac auront doublé ou triplé leurs rendements.

Par malheur, la propriété n'est pas encore assez divisée en Hongrie. Les biens de mainmorte y sont considérables. Il est tel domaine de cent kilomètres carrés que son propriétaire n'a jamais pu explorer dans toute son étendue, et les petits cultivateurs ne détiennent pas même le tiers de ce vaste territoire.

Cet état de choses, si préjudiciable au pays, changera graduellement, je le répète, et rien que par cette logique forcée que possède l'avenir. D'ailleurs, le paysan hongrois n'est point réfractaire au progrès, il est plein de bon vouloir, de courage et d'intelligence. Peut-être, on l'a observé, est-il un peu trop content de lui, – moins que l'est toutefois le paysan germanique. Entre eux, il y a cette différence topique, c'est que si l'un croit pouvoir tout apprendre, l'autre croit tout savoir.

Ce fut à Gran, sur la rive droite, que je remarquai un changement dans l'aspect général. Aux plaines de la Puszta succédèrent les longues et capricieuses collines, extrêmes ramifications des Carpates ou des Alpes nordiques, qui enserrent le fleuve, l'obligent à traverser d'étroits défilés, en même temps que la profondeur de son lit devient plus considérable.

Gran est le siège de l'évêché primatial de toute la Hongrie, et, sans doute le plus envié, si les biens de ce monde ont quelque attrait pour un prélat catholique. En effet, le titulaire de ce siège, qui fut jadis cardinal, primat, légat, prince de l'Empire et chancelier du royaume, est encore doté d'un revenu qui, en francs, peut dépasser un million.

Après Gran recommence la Puszta, et il faut reconnaître que la nature est très artiste. La loi des contrastes, elle la pratique, – en grand d'ailleurs, comme tout ce qu'elle fait. Ici, elle a voulu, alors que le fleuve court encore vers l'est, avant de redescendre vers le sud par un angle presque droit, – direction générale dont il ne se départit pas quelles que soient ses sinuosités – elle a voulu que le paysage, après les aspects si variés entre Presbourg et Gran, fût triste, chagrin, monotone.

En cet endroit, le *Mathias Corvin* doit choisir l'un des bras qui forment l'île de Saint-André, tous les deux praticables à la navigation. Il prend celui de gauche, ce qui me permet d'apercevoir la ville de Waïtzen, dominée par une demi-douzaine de clochers, et dont une église, édifiée sur la rive même, se reflète dans les eaux courantes, entre de grandes masses de verdure.

Au-delà, l'aspect du pays commence à se modifier. Sur la plaine s'échantillonnent les champs cultivés dans leur première verdeur; sur le fleuve glissent des embarcations plus nombreuses. L'animation succède au calme. Il est visible que nous approchons d'une capitale, et quelle capitale! double comme certaines étoiles, et si ces étoiles ne sont pas de première grandeur, du moins figurent-elles non sans éclat dans la constellation hongroise.

Le *dampfschiff* a contourné une dernière île boisée. Bude apparaît d'abord, Pest ensuite, et c'est dans cette cité que du 14 avril soir jusqu'au 17 matin, j'allais prendre quelque repos en me fatiguant outre mesure à les visiter en touriste consciencieux.

De Bude à Pest, le Danube est traversé par un magnifique pont suspendu, tel que devait l'être ce trait d'union entre une cité turque et une cité magyare – Bude la première, Pest la seconde. Sous les arches passent les flottilles de barques qui composent la batellerie de l'amont et de l'aval, sortes de galiotes surmontées d'un mât de pavillon à l'avant et munies d'un large gouvernail dont la barre s'allonge jusqu'au-dessus du rouf. L'une et l'autre rive sont transformées en quais que bordent des habitations d'aspect architectural, au-dessus desquelles pointent flèches et clochers.

Bude est située sur la rive droite, Pest est située sur la rive gauche, et le Danube, toujours semé d'îles verdoyantes, forme la corde de cette demi-circonférence occupée par la cité hongroise. De son côté, c'est la plaine où la ville a pu s'étendre à son aise, de l'autre, c'est la succession des collines bastionnées que couronne la citadelle.

Cependant, de turque qu'elle était, Bude est devenue hongroise, et même à bien l'observer autrichienne. C'est cependant la capitale officielle de la Hongrie, et sur les trois cent soixante mille habitants des deux cités, elle compte cent soixante mille pour sa part. Plus militaire que commerçante, l'animation des affaires lui fait défaut. Qu'on ne s'étonne pas si l'herbe pousse dans ses rues et encadre ses trottoirs. Pour passants, surtout des soldats. On dirait qu'ils circulent dans une ville en état de siège. En maint endroit flotte le drapeau national dont l'étamine verte, blanche et rouge se déroule à la brise. Enfin, une cité un peu morte à laquelle fait face la si vivante Pest. Ici, pourrait-on dire, le Danube coule entre l'avenir et le passé.

Cependant, si Bude possède un arsenal, et si les casernes ne lui manquent point, on peut y visiter aussi plusieurs palais qui ont conservé le grand air d'autrefois. J'ai ressenti quelque impression devant ses vieilles églises, devant sa cathédrale, qui fut changée en mosquée sous la domination ottomane. J'ai suivi une large rue, dont les maisons à terrasses, comme en Orient, sont entourées de grilles. J'ai parcouru les salles de la Maison de Ville, ceinte de barrières aux bigarrures jaunes et noires, et d'un aspect plus militaire que civil. J'ai contemplé ce tombeau de Gull-Baba que visitent encore les pèlerins turcs.

Mais, ainsi que le font la plupart des étrangers, Pest me prit le plus de mon temps, et ce temps ne fut point perdu, on peut m'en croire. C'est du haut de ce Gellerthegy, le Blockberg, la colline située au sud de Bude, à l'extrémité du faubourg de Taban, que j'eus la vue complète des deux villes. Entre elles descend le majestueux Danube, qui dans sa moindre largeur mesure quatre cents mètres. Plusieurs ponts le traversent, l'un très élégamment suspendu, et qui contraste avec le viaduc de chemin de fer au-dessus de l'île Marguerite. Le long des quais de Pest, autour des places, les palais et les hôtels montrent leur belle disposition architecturale. Au-delà s'étend toute la ville, qui, sur les trois cent soixante mille habitants de la double cité, en possède plus de deux cent mille à son compte. Çà et là, des dômes aux nervures dorées, des flèches hardiment dressées vers le ciel. L'aspect de Pest est assurément grandiose, et ce n'est pas sans raison qu'on a pu le trouver supérieur à celui de Vienne.

Dans la campagne environnante, semée de villas, se développe cette immense plaine de Rakos où, jadis, les cavaliers hongrois tenaient à grand bruit leurs diètes nationales.

Non! ce n'est pas assez de consacrer deux jours à la capitale hongroise, la noble cité universitaire. Le temps manquerait. Pourrait-on négliger de voir avec soin son Musée national, les toiles et les statues qui viennent de la famille Eszterhazy, entre autres ce superbe *Ecce Homo* attribué à Rembrandt, les salles d'histoire naturelle et d'antiquités préhistoriques, les inscriptions, les monnaies, les collections ethnographiques d'une incontestable valeur. Puis, il faut visiter l'île Marguerite, ses bosquets, ses prairies, ses bains alimentés par une source thermale, et aussi le Jardin public, le Stadtvallchen, arrosé d'une petite rivière praticable aux légères embarcations, ses beaux ombrages, ses tentes, ses cafés, ses restaurants, ses jeux, et dans lequel s'ébat une foule vive, cavalière, – remarquables types d'hommes et de femmes avec leurs costumes aux couleurs voyantes!

La veille de mon départ, j'étais entré dans un de ces cafés de la ville, qui vous éblouissent d'abord par l'éclat de leurs dorures, le peinturlurage excessif de leurs panneaux, la profusion des arbustes et des fleurs dont sont ornées les cours et les salles, surtout des lauriers-roses. La boisson favorite des Magyars, vin blanc mélangé d'une eau ferrugineuse, m'avait agréablement rafraîchi, et j'allais continuer mes interminables courses à travers la ville, lorsque mes regards tombèrent sur un journal déployé. Je le pris machinalement. C'était un numéro du *Wienner Extrablatt* et j'y lus l'article suivant que précédait ce titre en grosses lettres gothiques:

«Anniversaire Storitz.»

Ce nom attira aussitôt mon attention. C'était celui que m'avait dit le secrétaire de la Compagnie de l'Est, le nom de ce prétendant à la main de Myra Roderich, celui du fameux chimiste allemand. Il ne pouvait y avoir doute à cet égard.

Et voici ce que je lus:

«Dans une vingtaine de jours, le 5 mai à Spremberg, sera célébré l'anniversaire du décès d'Otto Storitz, et on peut affirmer que la population se portera en foule au cimetière de sa ville natale.

«On le sait, ce savant extraordinaire a honoré l'Allemagne par ses travaux merveilleux, par ses découvertes si étonnantes, par ses inventions qui ont tant contribué aux progrès des sciences physiques.»

Et, en effet, l'auteur de l'article n'exagérait pas. Otto Storitz était justement célèbre dans le monde scientifique, surtout pour ses études sur ces rayons nouveaux, trop connus maintenant pour justifier l'X de leur dénomination première.

Mais, ce qui me donna le plus à penser, ce furent les lignes suivantes:

«Personne n'ignore que, de son vivant, près de certains esprits enclins au surnaturel, Otto Storitz a passé pour être quelque peu sorcier. Trois ou quatre siècles plus tôt, il n'est pas bien sûr qu'il n'eût pas été poursuivi pour crime de sortilège, arrêté, condamné, brûlé en place publique. Nous ajouterons que depuis sa mort, nombre de gens, évidemment prédisposés, le tiennent plus que jamais pour un faiseur d'incantations, ayant possédé des connaissances surhumaines. Par bonheur, se disent-ils, il a emporté une grande partie de ses secrets dans la tombe, et on a lieu d'espérer que le fils n'a pas hérité de la puissance ultra-scientifique de son père. Or, il ne faut pas compter que ces braves gens ouvriront jamais les yeux, et, pour eux, Otto Storitz est bel et bien un cabaliste, un magicien, et même un démoniaque!»

Qu'il soit ce que l'on voudra, pensai-je, l'important est que son fils ait été définitivement éconduit par le docteur Roderich et qu'il ne soit plus question de cette rivalité.

Le reporter du *Wienner Extrablatt* continuait en ces termes:

«Il y a donc lieu de croire que la foule sera considérable, comme tous les ans, à la cérémonie de l'anniversaire, sans parler des amis restés fidèles au souvenir d'Otto Storitz. Il n'est pas téméraire d'avancer que la population de Spremberg, on ne peut plus superstitieuse, s'attend à quelque prodige, et désire en être témoin. D'après ce que l'on répète en ville, le cimetière doit être le théâtre des plus invraisemblables et des plus extraordinaires phénomènes d'ordre supérieur. On ne s'étonnerait pas si, au milieu de l'épouvante générale, la pierre du tombeau se soulevait, et si le fantastique savant ressuscitait dans toute sa gloire. Et qui sait, peut-être quelque cataclysme menace-t-il la cité qui l'a vu naître!...

«Pour achever, nous dirons, que, dans l'opinion de quelques-uns, Otto Storitz n'est pas mort et que l'on a procédé à de fausses funérailles le jour des obsèques. Bien des années s'écouleront avant que le bon sens ait détruit ces ridicules légendes.»

Après la lecture de cet article, je ne pus me retenir de quelques réflexions. Qu'Otto Storitz fût mort et enterré, rien de plus certain. Que son tombeau dût se rouvrir le 5 mai, et qu'il dût apparaître comme un nouveau Christ aux regards de la foule, cela ne valait pas de s'y arrêter un instant. Mais si le décès du père n'était pas contestable, nul doute qu'il eût un fils, vivant et bien vivant, ce Wilhelm Storitz repoussé par la famille Roderich. Est-ce donc pour inquiéter Marc, et créer des difficultés à son mariage?...

«Bon! fis-je en rejetant le journal, voici que je déraisonne! Wilhelm Storitz a demandé la main de Myra... on la lui a refusée... on ne l'a plus revu, puisque Marc ne m'a jamais dit un mot de cette affaire, et je ne sais pas pourquoi j'y attacherais quelque importance!»

Je me fis apporter papier à lettre, plume, encre, et j'écrivis à mon frère pour lui annoncer que je quitterais Pest le lendemain pour arriver dans la soirée du 22, car je n'étais plus qu'à trois cents kilomètres de Ragz. Je lui marquais que jusqu'ici mon voyage s'était effectué sans incidents ni retards, et je ne voyais aucune raison à ce qu'il ne s'achevât de même. Je n'oubliais pas de présenter mes hommages à M. et à Mme Roderich, et j'y joignais l'assurance de mon affectueuse sympathie pour Mlle Myra que Marc voudrait bien lui transmettre.

Le lendemain, à huit heures, le *Mathias Corvin* démarra de l'appontement installé le long du quai, et prit le courant.

Il va de soi que depuis Vienne, il s'était fait à chaque escale un renouvellement dans le personnel des passagers. Les uns avaient débarqué à Presbourg, à Raab, à Komorn, à Gran, à Budapest; les autres s'étaient embarqués au départ des susdites villes. Il n'en était que cinq ou six, ayant pris le *dampfschiff* dans la capitale autrichienne, entre autres les touristes anglais qui devaient descendre par Belgrade et Bucharest jusqu'à la mer Noire.

Le *Mathias Corvin* avait donc reçu à Pest de nouveaux passagers, et, parmi ceux-ci, il y en avait un dont la personne attira plus particulièrement mon attention, tant son allure me sembla bizarre.

C'était un homme de trente-cinq ans environ, grand, d'un blond ardent, de figure dure, le regard impérieux, l'abord peu sympathique. Son attitude indiquait l'homme hautain et dédaigneux. À plusieurs reprises, il s'adressa aux servants du bord, ce qui me permit d'entendre sa voix dure, sèche, désagréable et le ton cassant dont ses questions étaient faites.

Du reste ce passager paraissait ne vouloir frayer avec personne. Peu m'importait, puisque, jusqu'alors, je m'étais tenu moi-même dans une extrême réserve vis-à-vis de mes compagnons de voyage. Le capitaine du *Mathias Corvin* était le seul à qui j'eusse demandé quelques renseignements de route.

À le bien considérer, ce personnage, j'avais lieu de penser que c'était un Allemand, très probablement originaire de la Prusse. Si je ne faisais pas erreur, il n'aurait pas plus envie d'entrer en relation avec moi que moi avec lui, lorsqu'il apprendrait que j'étais un Français. Oui, un Prussien, cela se sentait, comme on dit, et tout en lui portait la marque teutonne. Impossible de le confondre avec ces braves Hongrois, ces sympathiques magyars, vrais amis de la France.

Le *dampfschiff*, après avoir quitté Budapest, marchait sans forcer sa vitesse. De là, toute facilité pour observer en détail des paysages offerts à nos regards. Après que la double ville eut été laissée en arrière de quelques kilomètres, des deux branches du fleuve le long de l'île Czepel, le *Mathias Corvin* suivit celle de gauche.

En aval de Pest, la Puszta développait, avec de curieux effets de mirage, ses longues plaines, ses pâturages verdoyants, ses cultures plus serrées, plus riches dans le voisinage de la grande ville. Toujours le chapelet des îles basses, hérissées de saules, dont la tête émergeait comme de grosses touffes d'un gris pâle.

Après cent cinquante kilomètres d'une navigation interrompue pendant la nuit et reprise à travers les multiples replis du fleuve, sous un ciel incertain, qui donna plus d'heures humides que d'heures sèches, le *dampfschiff* atteignit, dans la soirée du 19, la bourgade de Szekszard, dont je n'entrevis que la silhouette embrumée.

Le lendemain, le temps rasséréné, on partit avec la certitude d'arriver à Mohacz avant le soir.

Vers neuf heures, au moment où je rentrais dans le rouf, le passager allemand en sortait, et je fus surpris du regard singulier qu'il m'adressa. C'était la première fois que le hasard nous rapprochait l'un de l'autre, et, non seulement il y avait de l'insolence dans ce regard, mais aussi de la haine.

Que me voulait-il, ce Prussien? Cela s'expliquait-il parce qu'il venait d'apprendre que j'étais Français? Et la pensée me vint qu'il avait pu lire mon nom sur la plaque de mon sac de voyage, déposé sur une des banquettes du rouf – Henry Vidal, Paris, ce qui me valait d'être dévisagé de cette façon.

En tout cas, s'il savait mon nom, je ne m'inquiétai guère de savoir le sien, m'intéressant fort peu à ce personnage.

Le *Mathias Corvin* fit escale à Mohacz, mais assez tard pour que de cette ville de dix mille habitants, je n'aie vu que deux flèches aiguës, au-dessus d'une masse déjà noyée d'ombre. Je descendis cependant, et, après une excursion d'une heure, je rentrai à bord.

Le lendemain, 21, embarquement d'une vingtaine de passagers, et démarrage au point du jour.

Pendant cette journée, l'individu en question me croisa plusieurs fois sur le pont, en affectant de me regarder d'un air qui décidément ne me convenait pas. S'il avait quelque chose à me dire, cet impertinent, qu'il me le dît donc! Ce n'est pas avec les yeux que l'on parle dans ce cas, et, s'il ne comprenait pas le français, je saurais bien lui répondre en sa langue!

Je n'aime point à chercher querelle aux gens, mais je n'aime pas que l'on m'observe avec cette persistance désobligeante. Toutefois, si j'en arrivais à interpeller le Teuton, mieux valait que j'eusse obtenu préalablement quelque renseignement à son sujet.

J'interrogeai le capitaine, et lui demandai s'il connaissait ce passager.

«Je le vois pour la première fois, me répondit-il.

— C'est un Allemand? repris-je.

— À n'en pas douter, monsieur Vidal, et je pense même qu'il l'est deux fois, car il doit être Prussien...

— Et c'est déjà trop d'une!» réponse que me parut goûter le capitaine, qui était d'origine hongroise.

Le *dampfschiff* évolua à la hauteur de Zombor dans l'après-midi; mais la ville est trop éloignée de la rive gauche du fleuve pour qu'il soit possible de l'apercevoir. C'est une importante cité, qui ne compte pas moins de vingt-quatre mille habitants. Elle est située comme Szegedin dans cette vaste presqu'île formée par les deux cours du Danube et de la Theiss, l'un de ses plus considérables affluents, et qui va s'absorber en lui une cinquantaine de kilomètres avant Belgrade.

Le lendemain, à travers les nombreux lacets du fleuve, le *Mathias Corvin* se dirigea vers Vukovar, bâtie sur la rive droite. Nous longions alors cette frontière de la Slavonie, où le fleuve modifie sa direction vers le sud pour courir vers l'est. Là s'étendait aussi le territoire des Confins Militaires. De distance en distance se voyaient les nombreux corps de garde, un peu en arrière de la berge; ils sont toujours en communication par le va-et-vient des sentinelles qui occupent des cabanes de bois et des guérites de branchages.

Ce territoire est administré militairement. Tous les habitants, désignés sous le nom de *grendzer*, y sont soldats. Les provinces, les districts, les paroisses, s'effacent pour faire place aux régiments, aux bataillons, aux compagnies de cette armée spéciale. On comprend sous cette dénomination, depuis les rivages de l'Adriatique jusqu'aux montagnes de la Transylvanie, une aire de six cent dix milles carrés, dont la population, soit plus de onze cent mille âmes, est soumise à une sévère discipline. Cette institution date d'avant le règne de Marie-Thérèse, et non seulement elle eut sa raison d'être contre les Turcs, mais aussi, comme cordon sanitaire contre la peste, l'une ne valant pas mieux que les autres.

Après l'escale de Vukovar je n'ai plus vu l'Allemand à bord. Sans doute, il avait débarqué dans cette ville, et je fus délivré de son insupportable présence, – ce qui m'épargna toute explication avec lui.

Et, maintenant, d'autres pensées emplissaient mon esprit. Dans quelques heures, le *dampfschiff* serait arrivé à Ragz. Quelle joie de revoir mon frère dont j'étais séparé depuis un an, de le presser dans mes bras, de causer tous les deux de choses si intéressantes, de faire connaissance avec sa nouvelle famille!

Vers cinq heures de l'après-midi, sur la rive gauche du fleuve, entre les saules de la berge, au-dessus d'un rideau de peupliers apparurent quelques églises, les unes couronnées de dômes, les autres dominées de flèches, qui se découpaient sur un fond de ciel, où couraient de rapides nuages.

C'étaient les premiers linéaments d'une ville importante, c'était Ragz. Au dernier tournant du fleuve, elle apparut tout entière, pittoresquement assise au pied de hautes collines, dont l'une portait le vieux château féodal, l'acropole traditionnelle des vieilles cités de la Hongrie.

En quelques tours de roue, le *dampfschiff* se rapprocha du débarcadère, et, à ce moment, se produisit l'incident que voici.

J'étais debout près du bastingage de bâbord, regardant la ligne des quais, tandis que la plupart des passagers gagnaient la coupée, en arrière des tambours. À la sortie de l'appontement se tenaient divers groupes, et je ne doutais pas que Marc en fît partie.

Or, comme je cherchais à l'apercevoir, j'entendis, près de moi, distinctement, cette phrase en langue allemande:

«Si Marc Vidal épouse Myra Roderich, malheur à elle, malheur à lui!»

Je me retournai vivement... J'étais seul à cette place, et pourtant quelqu'un venait de me parler, et la voix ressemblait à celle de l'Allemand qui ne se trouvait plus à bord.

Cependant, personne, je le répète, personne! Évidemment, je m'étais trompé en croyant entendre cette phrase menaçante... une espèce d'hallucination... rien de plus... et je débarquai, ma valise à la main, mon sac à l'épaule, au milieu des assourdissantes fusées de la vapeur qui s'échappaient des flancs du *dampfschiff*.

III

Marc m'attendait à l'entrée de l'embarcadère, il me tendait les bras et nous nous serrâmes cœur contre cœur.

«Henry... mon cher Henry, répétait-il, la voix émue, les yeux humides, bien que toute sa physionomie fût empreinte de bonheur.

— Mon cher Marc, dis-je, que je t'embrasse encore! Tu m'emmènes chez toi?...

— Oui... à l'hôtel... l'hôtel Temesvar, à dix minutes d'ici, rue du Prince Miloch... Mais que je te présente à mon futur beau-frère.»

Je n'avais pas remarqué un officier qui se tenait un peu en arrière de Marc. C'était un capitaine. Il portait l'uniforme de l'infanterie des Confins Militaires. Vingt-huit ans au plus, d'une taille au-dessus de la moyenne, belle prestance, la moustache et la barbiche châtaines, l'air fier et aristocratique du Magyar, mais les yeux accueillants, la bouche souriante, d'abord très sympathique.

«Le capitaine Haralan Roderich», me dit Marc.

Je pris la main que me tendait le capitaine Haralan.

«Monsieur Vidal, me dit-il, nous sommes heureux de vous voir, et quel plaisir votre arrivée, si impatiemment attendue, va causer à toute ma famille...

— Y compris Mlle Myra?... demandai-je.

— Je le crois bien! s'écria mon frère, et ce n'est point sa faute, mon cher Henry, si le *Mathias Corvin* n'a pas fait ses dix lieues à l'heure depuis ton départ!»

pitaine Haralan parlait couramment le
re, sa mère, sa sœur, qui avaient voyagé
puisque Marc et moi, nous avions une
e la langue allemande, avec quelque
ngroise, dès ce jour-là et dans la suite,
rent en ces différentes langues, qui

bagage. Le capitaine Haralan et Marc
moi, et, quelques minutes après, elle s'arrêta
devant l'hôtel Temesvar.

Rendez-vous fixé au lendemain pour ma première visite à la famille Roderich, je restai seul avec mon frère, dans une chambre assez confortable, voisine de celle qu'il occupait depuis son installation à Ragz.

Notre entretien se poursuivit jusqu'à l'heure du dîner.

«Mon cher Marc, lui dis-je, nous voici donc enfin réunis... tous deux en bonne santé, n'est-ce pas?... Et, si je ne me trompe, c'est une grande année qu'aura duré notre séparation...

— Oui, Henry!... et le temps m'a paru long... bien que la présence de ma chère Myra... Mais, te voilà, et je n'ai pas oublié... que tu es mon grand frère...

— Ton meilleur ami, Marc!

— Aussi, Henry, tu le comprends... mon mariage ne pouvait s'accomplir sans que tu fusses là... près de moi... Et puis, ne devais-je pas te demander ton consentement...

— Mon consentement?...

— Oui... comme je l'eusse demandé à notre père!... Mais, pas plus que lui, tu n'aurais eu à me le refuser, et, quand tu connaîtras...

— Elle est charmante?...

— Tu la verras, tu la jugeras, et tu l'aimeras!... C'est la meilleure des sœurs que je te donne...

— Et que j'accepte, mon cher Marc, sachant d'avance que tu ne pouvais faire un plus heureux choix. Mais pourquoi ne pas rendre visite au docteur Roderich dès ce soir?...

— Non... demain... Nous ne pensions pas que le bateau arriverait de si bonne heure... On ne l'attendait que dans la soirée. Seulement, par précaution, Haralan et moi, nous sommes venus sur le quai, et, bien nous a pris, puisque nous avons assisté au débarquement. Ah! si ma chère Myra avait su, et comme elle regrettera!... Mais, je le répète, tu n'es attendu que pour demain... Mme Roderich et sa fille ont disposé de leur soirée,... un salut à la cathédrale, et elles te feront toutes leurs excuses...

— C'est convenu, Marc, répondis-je, et puisque nous nous appartenons pour quelques heures aujourd'hui, employons-les à causer, à parler du passé et de l'avenir, à échanger tout ce que deux frères peuvent avoir de souvenirs, après une année d'absence!»

Marc me raconta alors son voyage depuis qu'il avait quitté Paris, toutes ses étapes marquées par le succès, son séjour à Vienne, à Presbourg, où les portes du monde artiste s'étaient grandes ouvertes devant lui. Il ne m'apprit rien, en somme. Un portrait signé de Marc Vidal, c'est très recherché, c'est très disputé et avec la même ardeur par les riches Autrichiens que par les riches Magyars!

«Je n'y pouvais suffire, mon cher Henry. Des demandes et même des enchères de toutes parts! Que veux-tu! le mot avait été dit par un brave bourgeois de Presbourg: Marc Vidal fait plus ressemblant que nature! Aussi, ajouta mon frère en plaisantant, il me paraît impossible que le surintendant des Beaux-Arts ne vienne pas m'enlever un de ces jours pour faire les portraits de l'Empereur, de l'Impératrice et des archiduchesses d'Autriche!...

— Prends garde, Marc, prends garde! Voilà qui t'occasionnerait quelque embarras s'il te fallait maintenant quitter Ragz, si tu recevais invitation de te rendre à la Cour...

— Je la déclinerais le plus respectueusement du monde, mon ami! À présent, il ne peut être question de portraits... ou plutôt je viens d'achever le dernier...

— Le sien, n'est-ce pas?...

— Le sien, et ce n'est sans doute pas ce que j'ai fait de plus mal...

— Eh! qui sait? m'écriai-je. Lorsqu'un peintre est plus occupé du modèle que du portrait!...

— Enfin, Henry... tu verras!... Je te répète, plus ressemblant que nature!... C'est mon genre, paraît-il... Oui... tout le temps que cette chère Myra posait, mes yeux ne pouvaient se détacher d'elle!... Mais elle ne plaisantait pas!... Ce n'était pas au fiancé, c'était au peintre qu'elle consacrait ces heures trop courtes!... Et mon pinceau courait sur la toile... et il me semblait que le portrait allait prendre vie, comme la statue de Galatée...

— Du calme, Pygmalion, du calme, et dis-moi comment tu es entré en relation avec la famille Roderich...

— C'était écrit.

— Je n'en doute pas, mais encore...

— Le grand cercle de Ragz m'avait fait l'honneur de m'admettre en qualité de membre honoraire dès les premiers jours de mon arrivée. Rien ne pouvait être plus agréable, ne fût-ce que pour y passer les soirées toujours longues dans une ville étrangère. Je fréquentai assidûment ce cercle où je trouvais si bon accueil, et c'est là que j'ai renouvelé connaissance avec le capitaine Haralan...

— Renouvelé?... demandai-je.

— Oui, Henry, car je l'avais déjà plusieurs fois rencontré à Pest, dans le monde officiel. Un officier du plus grand mérite, destiné à un bel avenir, en même temps le plus aimable des hommes, et auquel il n'a manqué, pour se conduire en héros en 1849...

— que d'être né à cette époque! répliquai-je en riant.

— Comme tu dis, reprit Marc sur le même ton. Bref, ici nous nous sommes vus tous les jours, car il est en congé pour un mois encore. Nos relations se sont peu à peu changées en une étroite amitié. Il a voulu me présenter à sa famille, et j'ai accepté d'autant plus volontiers que j'avais déjà rencontré Mlle Myra Roderich dans quelques réceptions et si...

— Et, dis-je, comme la sœur n'était pas moins charmante que le frère, tes visites se sont multipliées à l'hôtel du docteur Roderich...

— Oui... Henry, et depuis six semaines, je n'ai pas laissé passer une soirée sans m'y rendre! Après cela, lorsque je parle de ma chère Myra, peut-être crois-tu que j'exagère...

— Mais non, mon ami, mais non! tu n'exagères pas, et je suis même certain qu'il ne serait pas possible d'exagérer en parlant d'elle...

— Ah! cher Henry, que je l'aime!

— Cela se voit, et d'autre part, je ne suis pas éloigné de penser que tu vas entrer dans la plus honorable des familles...

— Et la plus honorée, répondit Marc. Le docteur Roderich est un médecin de grande réputation justifiée par sa valeur personnelle, et dont les confrères font le plus grand cas!... En même temps, le meilleur des hommes et bien digne d'être le père...

— De sa fille, dis-je, comme Mme Roderich est non moins digne, sans doute, d'en être la mère...

— Elle! l'excellente femme, s'écria Marc, adorée de tous les siens, pieuse, charitable, s'occupant de bonnes œuvres...

— Et qui sera une belle-mère comme il ne s'en trouve plus en France... n'est-ce pas, Marc?...

— D'abord, Henry, ici, nous ne sommes pas en France, mais en Hongrie, dans ce pays magyar, où les mœurs ont gardé quelque chose de la sévérité d'autrefois, où la famille est encore patriarcale...

— Allons, futur patriarche – car tu le seras à ton tour...

— C'est une situation sociale qui a son prix! dit Marc.

— Oui, émule de Mathusalem, de Noé, d'Abraham, d'Isaac, de Jacob! Enfin, ton histoire, ce me semble, n'a rien de bien extraordinaire. Grâce au capitaine Haralan, tu as été introduit dans cette famille... on t'y a fait le meilleur accueil, ce qui ne saurait m'étonner, tel que je te connais!... Mlle Myra, tu n'as pu la voir sans être séduit par ses qualités physiques et morales...

— Comme tu dis, frère!

— Les qualités morales, c'était pour le fiancé. Les qualités physiques, c'était pour le peintre, et elles ne s'effaceront pas plus de la toile que de son cœur!... Que penses-tu de ma phrase?...

— Boursouflée, mais juste, mon cher Henry!

— Juste aussi ton appréciation, et, pour conclure, de même que Marc Vidal n'a pu voir Mlle Myra Roderich sans être touché de sa grâce, Mlle Myra Roderich n'a pu voir Marc Vidal sans être touchée de...

— Je ne dis pas cela, Henry!

— Mais je le dis moi, ne fût-ce que par respect pour la sainte vérité des choses!... Et M. et Mme Roderich, après s'être aperçus de ce qui se passait, n'en ont point pris ombrage... Et Marc n'a pas tardé à s'en ouvrir au capitaine Haralan... et le capitaine Haralan n'a point vu cela d'un mauvais œil... Il a parlé de cette petite affaire à ses parents, et ceux-ci en ont parlé à leur fille... Et Mlle Myra tout d'abord, par discrétion et par convenance, s'en est rapportée là-dessus à leur opinion... Puis, Marc Vidal a fait officiellement sa demande qui fut acceptée, et ce roman va finir comme tant d'autres du même genre...

— Ce que tu appelles la fin, mon cher Henry, déclara Marc, à mon avis, c'est le commencement...

— Tu as raison, Marc, et j'en suis à ne plus connaître la valeur des mots!... À quand le mariage?...

— On attendait ton arrivée pour en fixer définitivement la date.

— Eh bien, quand vous voudrez... dans six semaines... dans six mois... dans six ans...

— Mon cher Henry, répondit Marc, tu voudras bien dire au docteur, j'y compte, que ton congé est limité, que le service de la traction en souffrirait si tu prolongeais ton séjour à Ragz...

— En un mot, que je serais responsable des déraillements et des télescopages...

— C'est cela et qu'on ne peut retarder la cérémonie plus tard...

— Qu'après-demain ou même ce soir... n'est-ce pas?... Sois rassuré, mon cher Marc, je dirai tout ce qu'il faudra. En réalité, mon congé a encore près d'un mois à courir, et j'espère bien en passer une bonne moitié, après le mariage, près de ta femme et toi...

— Ce serait parfait, Henry.

— Mais, mon cher Marc, ton intention est-elle donc de te fixer ici à Ragz?... Ne reviendras-tu pas en France... à Paris?...

— Voilà ce qui n'est pas encore décidé, répondit Marc, et nous avons le temps d'étudier la question!... Je ne m'occupe que du présent, et quant à l'avenir, il se borne pour moi à mon mariage... il n'existe pas au-delà...

— Le passé n'est plus, m'écriai-je, l'avenir n'est pas... le présent seul est!... Il y a là-dessus un concerto italien que tous les amoureux récitent aux étoiles[1]!»

1. Jules Verne avait écrit en 1849 cette poésie:
   «Le passé n'est pas, mais il peut se peindre,
   [...]
   L'avenir n'est pas, mais il peut se feindre,
   [...]
   Le présent seul est, [...] («La Vie», *BSJV*, n° 87, 1987, p. 27.)

La conversation se continua sur ce ton jusqu'à l'heure du dîner. Puis, Marc et moi, fumant notre cigare, nous allâmes faire les cent pas sur le quai qui longe la rive gauche du Danube.

Ce n'est pas cette première promenade nocturne qui pouvait me donner un aperçu de la ville. Mais, le lendemain et les jours suivants, j'aurais tout le temps de la visiter en détail, – plus probablement en compagnie du capitaine Haralan que de Marc.

Il va de soi que notre conversation n'avait pas changé de ligne et que Myra Roderich ne cessa d'en être l'objet.

Cependant, le souvenir me revint de ce que m'avait dit à Paris, la veille de mon départ, le secrétaire de la Compagnie de l'Est. Rien dans les paroles de mon frère n'indiquait que son roman eût été troublé même un jour. Et pourtant, Marc avait ou avait eu un rival. Myra Roderich avait été recherchée par le fils d'Otto Storitz. Rien d'étonnant à cela, puisqu'il s'agissait d'une jeune fille accomplie, et dans une belle situation de fortune. En tout cas, Wilhelm Storitz ne pouvait avoir conservé aucun espoir, et il n'y avait ni à se préoccuper ni à s'inquiéter de ce personnage.

Naturellement, les paroles que j'avais cru entendre au moment où j'allais débarquer, me revenaient à l'esprit. En admettant qu'elles eussent été réellement prononcées, que ce ne fût point une illusion, je n'aurais pu les attribuer à cet impertinent que nous avions pris à Pest, puisqu'il ne se trouvait plus à bord du *dampfschiff*, au débarquement de Ragz.

Toutefois, sans faire connaître cet incident à mon frère, je crus devoir lui toucher un mot de ce que j'avais appris relativement à ce Wilhelm Storitz.

Marc répondit d'abord par un geste de dédain des plus caractéristiques. Puis, il me dit:

«En effet, Haralan m'a parlé de cet individu. C'est, paraît-il, le fils unique de ce savant, Otto Storitz, auquel, en Allemagne, on a fait une réputation de sorcier, – réputation injustifiée, d'ailleurs, car il a réellement tenu une place considérable dans les sciences naturelles et fait des découvertes importantes en chimie et en physique. Mais la demande de son fils a été repoussée...

— Bien avant que la tienne eût été agréée, Marc?...

— Trois ou quatre mois avant, si je ne me trompe, répondit mon frère.

— Et Mlle Myra a-t-elle su que Wilhelm Storitz avait aspiré à l'honneur de devenir son époux, comme on dit dans les livrets d'opéra-comique?...

— Je ne le crois pas.

— Et, depuis, il n'a jamais fait de démarche?...

— Jamais, ayant compris qu'il n'avait aucune chance...

— Et quel est-il, ce Wilhelm Storitz?...

— Une sorte d'original, dont l'existence est assez mystérieuse, et qui vit très retiré...

— À Ragz?...

— Oui... à Ragz... dans une maison isolée du boulevard Téléki[2] où personne ne pénètre. D'ailleurs, et cela eût suffi à motiver le refus, c'est un Allemand, et les Hongrois, très francisés à ce point de vue, n'aiment guère les sujets de Guillaume II.

— C'est même un Prussien, Marc...

— Oui, un Prussien de Spremberg, dans le Brandebourg.

— Est-ce que tu as eu l'occasion de le rencontrer quelquefois?...

— Quelquefois, et un jour au Musée, le capitaine Haralan me l'a montré, sans qu'il ait paru nous apercevoir...

— Est-ce qu'il est en ce moment à Ragz?...

— Je ne puis te répondre, Henry, mais je crois qu'on ne l'y a pas vu depuis deux ou trois semaines...

— Cela vaudrait mieux qu'il eût quitté la ville...

— Bon! fit Marc, laissons cet homme où il est, et si jamais il y a une dame Wilhelm Storitz, tu peux être sûr que ce ne sera pas Myra Roderich, puisque...

— Oui, répliquai-je, puisqu'elle sera madame Marc Vidal!»

Notre promenade se poursuivit sur le quai jusqu'au pont de bois qui réunit la rive hongroise à la rive serbienne. Nous avions fait une halte de quelques minutes sur ce pont, admirant le grand fleuve qui, par cette nuit pure, fourmillait d'étoiles, comme autant de poissons aux écailles lumineuses.

Je dus donner à Marc des renseignements en ce qui concernait mes propres affaires, des nouvelles de nos amis communs, et du

---

2. Jules Verne hésite entre l'orthographe (maintenue) «Téléki» et «Tékéli»: «Téléki» en l'honneur du comte Téléki, célèbre patriote hongrois, et «Tékéli-li», «le cri obsédant qui rythme la fin des *Aventures d'Arthur Gordon Pym*» (Ch. Chelebourg, «Le blanc et le noir», *BSJV*, n° 77, 1986).

monde artiste avec lequel j'avais de fréquents rapports. Nous parlâmes beaucoup de Paris, où, si rien ne s'y opposait, il irait passer quelques semaines après son mariage. Le traditionnel voyage de noces qui entraîne d'ordinaire les nouveaux époux vers l'Italie ou la Suisse, les ramènerait sa femme et lui vers la France. Myra se faisait une joie de revoir ce Paris qu'elle connaissait déjà, et de le revoir au bras d'un époux.

J'informai Marc que j'avais apporté tous les papiers que me réclamait sa dernière lettre. Il pouvait être tranquille, rien ne lui manquerait des passeports exigés pour le grand voyage matrimonial.

Et puis, la conversation revenait sans cesse vers cette étoile de première grandeur, l'étincelante Myra, comme l'aiguille aimantée vers la Polaire. Marc ne se lassait pas de parler, et je ne me lassais pas de l'entendre. Depuis si longtemps qu'il voulait me dire toutes ces choses! Cependant, c'était à moi d'être raisonnable, ou bien notre causerie eût duré jusqu'au jour.

La promenade, d'ailleurs, s'était effectuée sans avoir été troublée, car les passants étaient rares sur le quai pendant cette soirée assez fraîche. Toutefois, – est-ce que je me trompais? – il me sembla que nous fûmes suivis par un individu. Il marchait derrière nous comme s'il eût voulu entendre notre conversation. C'était un homme de taille moyenne, et si j'en jugeais à son pas pesant, d'un certain âge, et qui finit par s'éloigner.

À dix heures et demie, Marc et moi nous étions rentrés à l'hôtel Temesvar. Avant de m'endormir, les paroles que j'avais cru entendre à bord du *dampfschiff*, me revinrent comme une obsession,... ces paroles qui menaçaient Marc et Myra Roderich!

IV

Le lendemain, – grand jour, – je rendis officiellement visite à la famille Roderich.

L'habitation du docteur s'élève à l'extrémité du quai Bathiany, à l'angle du boulevard Téléki, lequel, sous différents noms, fait le tour de la ville. C'est un vieil hôtel, de beau style, modernisé dans ses dispositions intérieures, d'une ornementation riche et sévère, meublé avec un goût qui témoigne d'un grand sens artiste.

Sur le boulevard Téléki, entre deux piliers surmontés de vases à plantes grasses, s'ouvre une porte cochère, et une porte de service, qui toutes les deux donnent accès dans une grande cour sablée. Une grille sépare cette cour du jardin dont les grands arbres, ormes, acacias, marronniers, hêtres, dépassent le mur qui se prolonge jusqu'à la maison voisine. Une pelouse verdoyante, de forme irrégulière, agrémentée de corbeilles et d'arbustes, s'étend entre les allées festonnées de lierre, qui se dessinent sous le dôme des arbres. Le fond du jardin est masqué de massifs variés. Plus à droite, dans l'angle, on a réservé une basse-cour, entre deux pavillons percés d'étroites meurtrières. Quant aux murs, ils disparaissent derrière un rideau de verdure.

En bordure, à droite, sont bâties les annexes, – au rez-de-chaussée, cuisine, arrière-cuisine, bûcher, remise pour deux voitures, écurie pour trois chevaux, buanderie, niche à chien – au premier étage, éclairé par des fenêtres à persiennes, salle de bain, lingerie, chambres de domestiques, desservies par un escalier spécial. Entre les six fenêtres courent les multiples ramifications de vignes folles, de larges aristoloches et de roses montantes.

L'annexe est rejointe à l'habitation principale par un corridor à vitraux coloriés, et ce corridor aboutit à la base d'une tour ronde, haute d'une soixantaine de pieds.

Cette tour s'élève à la jonction des deux bâtiments qui forment angle droit l'un par rapport à l'autre. À l'intérieur se développe un escalier à rampe de fer, desservant le premier étage de l'hôtel, puis le second, dont les fenêtres mansardées sont ornées de fines sculptures.

En avant de l'habitation, se prolonge une galerie, supportée à sa partie antérieure par des pilastres de fer, et fermée de vitres qui laissent pénétrer à flot la lumière du sud-est. Sur cette galerie s'ouvrent les portes, drapées de vieilles tapisseries, qui conduisent au cabinet du docteur Roderich, au grand salon et à la salle à manger. Ces diverses pièces prennent jour sur le quai Bathiany par les six fenêtres du rez-de-chaussée et du pan coupé à l'angle du quai et du boulevard Téléki.

Le premier étage reproduit les mêmes dispositions intérieures, au-dessus du salon la chambre de M. et Mme Roderich, au-dessus de la salle à manger, la chambre du capitaine Haralan, quand il vient à Ragz, à l'autre extrémité, la chambre de Mlle Myra et son cabinet de travail, avec trois fenêtres, l'une sur le quai, l'autre sur le boulevard, la troisième sur le jardin, au même rang que celles du corridor qui dessert tout l'étage.

Je dois l'avouer, avant d'avoir visité l'hôtel Roderich il m'eût été facile d'en faire la description. Grâce à notre entretien de la veille, je le connaissais pièce par pièce. Marc n'avait pas oublié un détail du petit appartement de jeune fille. Je savais même de la manière la plus précise quelle était la place de Mlle Myra à la table de la salle à manger, où elle se tenait de préférence dans le grand salon, et sur quel banc elle aimait à s'asseoir au fond du jardin, sous l'ombrage d'un marronnier superbe.

Pour en revenir à mon sujet, l'escalier de la tour, éclairée par le vitrail de ses étroites ogives, conduit à un belvédère de forme ronde, surmonté d'une terrasse circulaire, d'où la vue doit s'étendre largement sur la ville et sur le cours du Danube.

C'est dans la galerie que, Marc et moi, nous fûmes reçus vers une heure de l'après-midi. Au milieu s'étalait une jardinière en cuivre ouvragé, d'où s'épanouissaient des fleurs dans tout l'éclat du printemps, puis, aux angles, quelques arbrisseaux de la zone tropicale, des palmiers, des dracenas, des alarias, des (...)[1]. Aux panneaux, entre les portes du salon et de la salle, étaient accrochées plusieurs toiles des écoles hongroise et hollandaise, dont Marc appréciait la grande valeur.

Sur un chevalet, à l'angle de droite, je vis et j'admirai le portrait de Mlle Myra, œuvre d'une facture superbe, digne du nom qui le signait, celui qui m'est le plus cher au monde.

Le docteur Roderich avait alors cinquante ans, et c'est à peine si on lui eût donné cet âge, – la taille haute, le corps droit, la barbe grisonnante, la chevelure épaisse, le teint de la bonne et inaltérable santé, la constitution vigoureuse sur laquelle aucune maladie n'a prise. Du reste, on reconnaissait en lui le véritable type du Magyar dans son originale pureté, l'œil ardent, la démarche résolue, l'attitude noble et puissante, et en toute sa personne une sorte de fierté naturelle que tempérait l'expression souriante de sa belle figure. Je retrouvais en lui un peu de cette allure décidée du médecin militaire. En effet, il avait d'abord servi dans les rangs de l'armée hongroise, et s'y était distingué, avant d'entrer définitivement dans la vie civile. Dès que je lui fus présenté, je sentis à la chaude étreinte de sa main que j'étais en présence du meilleur des hommes.

Mme Roderich, à quarante-cinq ans, avait conservé de sa beauté d'autrefois, des traits réguliers, des yeux d'un bleu sombre, une magnifique chevelure qui commençait à blanchir, une bouche finement dessinée laissant voir une denture intacte, une taille encore élégante. La caractéristique de sa nature, bien qu'elle fût hongroise d'origine, était le calme et la douceur, une excellente femme, douée de toutes les vertus familiales, ayant trouvé le bonheur complet près de son mari, adorant son fils et sa fille de toute la tendresse d'une mère sage et prévoyante, très pieuse, très empressée à remplir ses devoirs de catholique, appuyée sur une foi inébranlable, celle qui accepte le dogme et ne cherche point à en raisonner. Mme Roderich me témoigna

---

1. Liste inachevée.

beaucoup d'amitié, ce dont je fus profondément touché. Elle serait heureuse de l'arrivée du frère de Marc Vidal dans sa maison, à la condition qu'il voulût bien la considérer comme la sienne.

Mais que dire de Myra Roderich? Elle vint à moi, souriante, la main ou plutôt les bras tendus! Oui! c'était bien une sœur que j'allais avoir en cette jeune fille, une sœur qui m'embrassa et que j'embrassai sans plus de cérémonies! Et j'ai lieu de croire que Marc me regarda, sinon en jaloux du moins avec un peu d'envie!

«Je n'en suis pas là! dit-il.

— Mais non, monsieur, répondit Mlle Myra. Vous n'êtes pas mon frère, vous!...»

Mlle Roderich était bien telle que Marc me l'avait dépeinte, telle que la représentait cette toile que je venais d'admirer. Une jeune fille, à la tête charmante, couronnée d'une fine chevelure blonde, une vierge de Miéris, mais avenante, enjouée, ses beaux yeux d'un bleu noir, pétillants d'esprit, le teint chaud de la carnation hongroise, la bouche d'un dessin si pur, des lèvres rosées s'ouvrant sur les dents d'une éclatante blancheur. D'une taille un peu au-dessus de la moyenne, la démarche élégante, elle était la grâce en personne, d'une distinction parfaite, sans afféterie ni pose.

Et il me vint à la pensée que si l'on disait des portraits de Marc qu'ils étaient plus ressemblants que leurs modèles, on eût pu dire de Mlle Myra qu'elle était plus naturelle que nature!

Si, comme sa mère, Myra Roderich portait le costume moderne, on y retrouvait cependant quelque chose des modes magyares, dans la coupe du vêtement, dans l'assortiment des couleurs, la chemisette fermée au cou, les manches ornées de broderies, assujetties au poignet, le corsage soutaché à boutons de métal, la ceinture nouée d'un nœud de rubans à filets d'or, la jupe aux plis flottants et s'arrêtant à la cheville, les brodequins de cuir mordorés, – un ensemble agréable, où le goût le plus délicat n'eût rien trouvé à reprendre.

Le capitaine Haralan était là, superbe dans son uniforme, et d'une ressemblance frappante avec sa sœur, la physionomie empreinte de grâce et de force. Il m'avait tendu la main, il m'avait traité en frère, lui aussi, et nous étions déjà deux amis, bien que notre amitié datât de la veille.

Je n'avais donc plus à connaître aucun membre de la famille du docteur Roderich.

La conversation se poursuivit à l'aventure, passant sans ordre d'un sujet à l'autre, mon voyage de Paris à Vienne, la navigation à bord du *dampfschiff*, mes occupations en France, le temps dont je pourrais disposer, cette belle ville de Ragz qu'on me ferait visiter en détail, le grand fleuve que je devrais au moins descendre jusqu'à Belgrade, ce magnifique Danube dont les eaux semblent imprégnées de rayons d'or, et tout ce pays magyar si plein de souvenirs historiques, et cette fameuse Puszta, qui devrait attirer les touristes du monde entier, etc. etc.

«Avec quelle joie nous vous voyons près de nous, monsieur Vidal! répétait Mlle Myra, en joignant ses mains dans un geste gracieux. Votre voyage se prolongeait et nous n'étions pas sans inquiétude. Nous n'avons été rassurés qu'en recevant votre lettre écrite de Pest!...

— Je suis très coupable, mademoiselle Myra, répondis-je, très coupable de m'être attardé en route, et il y a quinze jours que je serais à Ragz, si j'avais pris le chemin de fer. Mais des Hongrois ne m'eussent pas pardonné d'avoir dédaigné le Danube dont ils sont fiers à si juste titre, et qui vaut sa réputation...

— En effet, monsieur Vidal, me dit le docteur, c'est notre glorieux fleuve, et il est bien à nous depuis Presbourg jusqu'à Belgrade!...

— Et nous vous pardonnons en sa faveur, monsieur Vidal, dit Mme Roderich...

— Mais à la condition que vous recommencerez quelquefois ce voyage! ajouta Mlle Myra.

— Tu le vois, mon cher Henry, dit Marc, tu étais attendu avec impatience...

— Et curiosité, déclara Mlle Myra, curiosité de connaître enfin M. Henry Vidal, dont le frère nous disait tant de bien, car il n'a pas cessé de faire votre éloge...

— Et n'était-ce pas faire le sien? fit observer le capitaine Haralan.

— Que dis-tu là, frère? demanda Mlle Myra.

— Sans doute, sœur, puisqu'il y a tant de ressemblance entre eux!...

— Oui... deux Siamois, répondis-je sur le même ton. Aussi, capitaine, l'obligeance que vous avez eue pour l'un, vous voudrez bien l'avoir pour l'autre, et je compte sur vous plus que sur Marc, qui est évidemment trop occupé pour me servir de cicerone...

— À votre disposition, mon cher Vidal», répondit le capitaine Haralan.

Et alors on s'entretint de mille choses, et j'étais tout à l'admiration de cette heureuse famille. Ce qui m'impressionnait le plus, c'était ce bonheur attendri qui se lisait sur la figure de Mme Roderich, en regardant sa fille et Marc, déjà unis dans son cœur.

Puis le docteur nous parla des voyages qu'ils avaient faits à l'étranger, l'Italie, la Suisse, l'Allemagne, la France, cette France dont ils gardaient l'inoubliable souvenir, qu'ils avaient parcourue jusqu'en Bretagne, jusqu'en Provence. Et s'ils n'eussent pas employé la langue française, lorsqu'ils causaient de mon pays, quand l'auraient-ils fait? Moi, je cherchais à utiliser mon vague magyar toutes les fois que je le pouvais, et assurément, cela leur faisait plaisir. Mon frère, lui, s'en servait comme de sa langue originelle. C'était à croire qu'il avait subi cette magyarisation, laquelle, suivant Élisée Reclus, ne cesse de s'étendre parmi les populations du centre.

Et Paris! Ah! Paris! La première ville du monde, – après Ragz, bien entendu, parce que Ragz, c'était Ragz! Inutile d'en exiger une autre raison. Et, en vérité, elle suffisait à Marc, parce que Ragz, c'était Myra Roderich! Aussi y revenait-il avec autant d'obstination que Mlle Myra revenait à Paris, ses merveilles de toutes sortes, ses monuments incomparables, ses richesses artistiques, ses trésors intellectuels, les admirables collections de ses musées, même après ceux de Rome, de Florence, de Munich, de Dresde, de La Haye, d'Amsterdam! Je ne pouvais qu'applaudir au sens exquis de cette jeune Hongroise en matière d'art, et de plus en plus, je comprenais l'irrésistible séduction que tant de qualités – je le répète, morales et physiques – avaient exercée sur l'âme sensible et tendre de mon frère.

Il ne fut pas question de sortir pendant cette après-midi. Le docteur dut retourner à ses occupations habituelles. Mais Mme Roderich et sa fille n'avaient aucune affaire qui les attirât au dehors. En leur compagnie, je dus parcourir l'hôtel, et admirer les belles choses qu'il renfermait, tableaux et bibelots de choix, les dressoirs chargés de vaisselle d'argent de la salle à manger, les vieux coffres et les vieux bahuts de la galerie, et, au premier étage, la petite bibliothèque de jeune fille où figuraient en bonne place nombre d'ouvrages de la littérature française ancienne et moderne.

Ne pas croire que le jardin fut sacrifié à l'hôtel! Non point. On se promena sous ses frais ombrages, on s'assit sur les confortables chaises d'osier abritées sous les arbres, on cueillit quelques fleurs aux corbeilles de la pelouse, et dont l'une, par la main de Mlle Myra, vint orner ma boutonnière.

«Et la tour? s'écria-t-elle, est-ce que monsieur Vidal s'imagine que sa première visite s'achèvera, sans qu'il soit monté à notre tour?...

— Mais non, mademoiselle Myra, mais non! répondis-je. Il n'y a pas une des lettres de Marc qui ne me parle de cette tour en termes élogieux, – presque autant que de vous, et je ne suis venu à Ragz que pour monter à votre tour...

— Vous le ferez donc sans moi, dit Mme Roderich, car c'est un peu haut!...

— Oh! mère, quatre-vingt-dix marches seulement!

— Oui... et à ton âge, ce n'est que deux marches par année, dit le capitaine Haralan. Mais, reste, chère mère. Je vais accompagner ma sœur, Marc et M. Vidal, et nous te retrouverons dans le jardin.

— En route pour le ciel!» repartit Mlle Myra.

Et, en deux minutes, précédés par elle que nous avions peine à suivre dans sa légère envolée, nous eûmes atteint le belvédère, puis la terrasse.

Voici le panorama qui s'offrit à nos regards:

Vers l'ouest, tout le développement de la ville et de ses faubourgs que domine la colline de Wolfang, couronnée par le vieux château dont le donjon s'abrite sous les plis du pavillon hongrois. Vers le sud, le cours sinueux du Danube, large de trois cents mètres, sans cesse sillonné par le va-et-vient des embarcations qui le remontent ou le descendent, toute sa batellerie à voile et à vapeur. Au-delà, la campagne, la Puszta, avec ses bois resserrés comme les massifs d'un parc, ses plaines, ses cultures, ses pâturages jusqu'aux lointaines montagnes de la province serbienne et des Confins Militaires. Au nord, toute une banlieue de villas et de cottages, de fermes reconnaissables à leur pigeonnier pointu.

Mes yeux étaient ravis de cette vue admirable, si variée d'aspects, et qui, par ce temps pur, aux rayons d'un clair soleil d'avril, s'étendait jusqu'aux dernières limites de l'horizon. En me penchant au-dessus du parapet, j'aperçus Mme Roderich, assise sur un banc, au bord de la pelouse, et qui nous saluait de la main.

Et alors, les explications de se produire à mon adresse.

«Ceci, dit Mlle Myra, c'est le quartier aristocratique avec ses palais, ses hôtels, ses places, ses statues... De ce côté, en descendant, monsieur Vidal, vous apercevez le quartier commerçant, ses rues pleines de monde, ses marchés!... Et le Danube, car il faut toujours en revenir à notre Danube, est-il assez animé en ce moment!... Et l'île Svendor, toute verte, avec ses bosquets et ses prairies en fleurs!... Mon frère n'oubliera pas de vous y conduire!

— Sois tranquille, sœur, répondit le capitaine Haralan, je ne ferai pas grâce à M. Vidal d'un seul coin de Ragz!

— Et nos églises, reprit Mlle Myra, voyez-vous nos églises, et leurs clochers pleins de sonneries et de carillons! Vous entendrez cela le dimanche! Et notre cathédrale de Saint-Michel, apercevez-vous sa masse imposante, les tours de sa façade, sa flèche centrale qui monte vers le ciel comme pour y conduire la prière! Elle est magnifique, monsieur Vidal, à l'intérieur autant qu'à l'extérieur!...

— Dès demain, dis-je, elle aura reçu ma visite.

— Eh bien, monsieur, demanda Mlle Myra en se retournant vers Marc, tandis que je montre la cathédrale à votre frère, que regardez-vous donc?...

— La Maison de Ville, mademoiselle Myra... un peu à droite, sa haute toiture, ses grandes fenêtres, son beffroi qui sonne les heures, sa cour d'honneur entre les deux pavillons, et surtout son escalier monumental...

— Et pourquoi, dit Myra, tant d'enthousiasme pour cet escalier municipal?...

— Parce qu'il conduit à une certaine salle..., répondit Marc, en regardant sa fiancée dont la jolie figure se colora d'une légère rougeur.

— Une salle?... dit-elle.

— Une salle où j'entendrai le plus doux mot de votre bouche... le mot de toute ma vie...

— Oui, mon cher Marc, et ce mot que nous aurons tous deux prononcé dans la Maison de Ville, nous irons le répéter dans la maison de Dieu!»

Après une assez longue station sur la terrasse du belvédère, nous redescendîmes au jardin où nous attendait Mme Roderich.

Ce jour-là, je dînai à la table de famille. C'était mon premier repas en Hongrie qui ne fût pas dans un restaurant d'hôtel ou de bateau à vapeur. Ce dîner était excellent, et à la qualité des mets et des vins, je me permis de penser que le docteur aimait les bonnes choses, comme tous les médecins, pourrait-on dire, et à quelque pays qu'ils appartiennent. La plupart des plats étaient relevés de ce paprika, d'un emploi commun à toute la Hongrie et dont s'accommodent si volontiers les palais magyars! Encore une magyarisation à laquelle mon frère était déjà fait et à laquelle il fallait me faire!

Cette soirée, nous la passâmes entre nous. À plusieurs reprises Mlle Myra se mit au piano et s'accompagna en chantant d'une voix pénétrante ces originales mélodies hongroises, odes, élégies, épopées, ballades de Petöfi, qu'on ne peut entendre sans émotion. Ce fut un ravissement, qui se serait prolongé jusqu'à une heure avancée de la nuit, si le capitaine Haralan n'eût donné le signal du départ.

Et, lorsque nous fûmes rentrés à l'hôtel Temesvar, dans ma chambre où me suivit Marc:

«Eh bien, me dit-il, avais-je exagéré, et crois-tu qu'il y ait au monde une autre jeune fille...

— Une autre? répondis-je. Mais j'en suis à me demander si même il y en a une... et si Mlle Myra Roderich existe réellement!

— Ah! mon cher Henry, que je l'aime!

— Eh bien, voilà qui ne m'étonne pas, mon cher Marc, et il n'y a qu'un mot pour la caractériser, Mlle Myra, un mot que je répéterai par trois fois: Elle est charmante... charmante... charmante!»

V

Le lendemain, au cours de la matinée, je visitai une partie de Ragz en compagnie du capitaine Haralan. Pendant ce temps, Marc s'occupait de diverses démarches relatives à son mariage, dont la date venait d'être fixée au 15 mai, soit dans une vingtaine de jours. Le capitaine Haralan tenait à me faire les honneurs de sa ville natale, à me la montrer dans tous les détails. Je n'aurais pu trouver un guide plus consciencieux, plus érudit et d'une plus complète obligeance.

Bien que le souvenir m'en revint parfois avec une certaine obstination qui ne laissait pas de m'étonner, je ne lui parlai point de ce Wilhelm Storitz dont j'avais dit un mot à mon frère. De son côté, il resta muet à cet égard. Il était donc probable qu'il ne serait plus jamais question de cet incident.

Nous avions quitté l'hôtel Temesvar à huit heures, et, comme début de promenade, nous parcourûmes le quai Bathiany dans toute sa longueur en longeant le Danube.

Ainsi que la plupart des villes de la Hongrie, Ragz a successivement possédé plusieurs noms. Ces cités, suivant les époques, peuvent exhiber un acte de baptême en quatre ou cinq langues, latine, allemande, slave, magyare, presque aussi compliqué que ceux des princes, grands-ducs et archiducs. Actuellement, dans la géographie moderne, Ragz est Ragz.

«Notre cité n'a pas l'importance de Pest, me dit le capitaine Haralan. Mais sa population, près de quarante mille âmes, est celle des villes de second ordre, et, grâce à son industrie, à son commerce, elle tient un bon rang dans le royaume de Hongrie.

— Et elle est bien magyare?... demandai-je.

— Assurément, autant par ses mœurs, par ses coutumes, comme vous pouvez le voir, que par le costume de ses habitants. Si on a pu dire avec quelque vérité qu'en Hongrie, ce sont les Magyars qui ont fondé l'État et les Allemands qui ont fondé les villes, cette affirmation n'est rien moins qu'exacte en ce qui concerne Ragz. Sans doute, vous rencontrerez dans la classe marchande des individus de race germanique, mais ils y sont en infime minorité.»

Je le savais, du reste, et c'était même de cela, de leur cité pure de tout mélange, que les Ragziens se déclaraient très fiers.

«D'ailleurs, les Magyars, – ne pas les confondre avec les Huns, comme on l'a fait parfois, – ajouta le capitaine Haralan, forment la plus forte cohésion politique, et, sous ce point de vue, la Hongrie est supérieure à l'Autriche par le groupement des peuples qui occupent leurs territoires.

— Et les Slaves?... demandai-je.

— Les Slaves, moins nombreux que les Magyars, mon cher Vidal, le sont encore plus que les Allemands.

— Enfin, ceux-ci, dans le royaume hongrois, comment sont-ils considérés?...

— Assez mal, je l'avoue, surtout de la population magyare, car il est manifeste que pour les gens d'origine teutonne, ce n'est pas Vienne qui est la capitale métropolitaine, c'est Berlin.»

Au surplus, le capitaine Haralan me parut ne pas éprouver grande affection envers les Autrichiens, ni même envers les Russes qui étaient venus leur prêter concours pour réprimer la rébellion de 1849. Ce souvenir est toujours palpitant dans le cœur hongrois. Quant aux Allemands, c'est de longue date qu'il y a antipathie de race entre eux et les Magyars. Cette antipathie se traduit sous mille formes qu'un étranger ne tarde pas à reconnaître, et il n'est pas jusqu'aux dictons qui ne l'expriment d'une façon assez brutale:

«*Eb a német Kutya nélkül*» dit l'un de ces dictons.

Et cela signifie en bon français:

«Partout où il y a un Allemand, il y a un chien!»

Tout en faisant la part de cette exagération que contiennent certains proverbes, celui-ci témoigne tout au moins de peu d'entente entre les deux races.

Quant aux autres éléments de la population en Hongrie, en voici le décompte: dans le Banat, un demi-million de Serbes; les Croates, cent mille; les Roumains, vingt mille. Les Slovaques, groupe assez compact, deux millions. Ajoutez-y un mélange de Ruthènes, de Slaves, de Petits-Russes[1], ce qui donne dix millions d'habitants, répandus dans les Comitats des Quatre Cercles, en deçà du Danube, au-delà du Danube, en deçà de la Theiss, au-delà de la Theiss.

La ville de Ragz est assez régulièrement construite. Sauf sa partie basse, agglomérée sur la rive gauche du fleuve, les hauts quartiers affectent une rectitude géométrale presque américaine.

La première place que l'on rencontre en suivant le quai Bathiany est la place Magyare, bordée de magnifiques hôtels. D'un côté, elle est desservie par le pont qui traverse l'île Svendor et s'appuie sur la rive serbienne; de l'autre, elle se raccorde avec la place Saint-Michel par la rue du Prince Miloch, l'une des plus belles de la cité. Là est le palais de la résidence, occupé par le gouverneur de Ragz.

Le capitaine Haralan ne prit pas cette rue, et continuant à longer le quai, me conduisit à la rue Étienne II, et nous atteignîmes le marché Coloman, très fréquenté à cette heure.

Là, sous les galeries d'un vaste hall, abondaient les diverses productions du pays, céréales, légumes, fruits des champs et des potagers de la Puszta, le gibier chassé dans les bois et sur les plaines riveraines du Danube, apportés par les embarcations de l'amont et de l'aval, les viandes de boucherie et de charcuterie mises en vente par les détaillants, et qui provenaient des vastes pâturages aux environs de Ragz.

Et ce ne sont pas seulement ces produits agricoles qui assurent sa prospérité. Le pays hongrois peut tabler, dans la mesure la plus large, sur la culture du tabac, sur le rendement des vignobles dont le Tokay occupe près de trois cent mille hectares à lui seul. Je citerai en outre les richesses de ses montagnes métallifères, d'où se tirent les métaux nobles, or et argent, et aussi de qualité

---

1. Ancien nom des Ukrainiens.

moins aristocratique, le fer, le cuivre, le plomb, le zinc. Puis il y a encore les mines de soufre, qui sont très importantes, et enfin ces couches salines, dont la masse exploitable est estimée à trois milliards trois cents millions de tonnes, – de quoi permettre au monde sublunaire de saler sa cuisine pendant de longs siècles, lors même que la salure des mers viendrait à se perdre!

Et, ainsi qu'il le dit volontiers, le Magyar, qui ne serait point gêné de vivre à la pointe d'un roc:

«Le Banat nous donne le blé, la Puszta, le pain et la viande, la montagne le sel et l'or! Que nous reste-t-il à désirer, rien! Hors de la Hongrie, la vie n'est pas la vie!»

Dans ce marché de Coloman, j'observai à loisir le paysan dans son costume traditionnel. Il a gardé le caractère très pur de sa race, la tête forte, le nez légèrement camard, les yeux ronds, la moustache tombante. Il est généralement coiffé d'un chapeau à larges bords d'où s'échappent deux nattes de cheveux. Sa veste et son gilet à boutons d'os sont en peau de mouton; sa culotte est faite de cette grosse toile qui rivaliserait avec le velours à côtes de nos campagnes du nord, et une ceinture de couleur variée la maintient solidement à la taille. Ses pieds sont chaussés de fortes bottes qui, au besoin, portent l'éperon.

Il me parut que les femmes, d'un joli type, étaient de plus vive allure que les hommes, vêtues de la jupe courte, aux couleurs éclatantes, le corsage agrémenté de broderies, le chapeau à bords relevés, avec aigrette de plumes, sur une chevelure, dont, à défaut du chapeau national, un mouchoir noué au cou recouvre l'épais chignon.

Là passaient également des Tsiganes, à l'état de nature, puis-je dire, bien différents de ceux de leurs congénères que présentent les imprésarios dans nos cafés-concerts et autres casinos de la France. Non! de pauvres hères, très misérables, très dignes de pitié, hommes, femmes, vieillards, enfants, conservant encore quelque originalité sous leurs lamentables guenilles, qui montrent plus de trous que d'étoffe.

En quittant le marché, le capitaine Haralan me fit traverser un dédale de rues étroites, bordées de boutiques aux enseignes pendantes. Puis le quartier s'élargit pour aboutir à la place Liszt, l'une des plus grandes de la ville.

Au milieu de cette place s'élève une jolie fontaine, bronze et marbre, dont la vasque est alimentée par l'eau de ses fantaisistes gargouilles. Au-dessus se détache la statue de Mathias Corvin, héros du quinzième siècle, roi à quinze ans, et qui sut résister aux attaques des Autrichiens, des Bohémiens, des Polonais et sauva la chrétienté européenne de la barbarie ottomane.

Place vraiment belle. D'un côté s'élève la Maison de Ville, avec ses hauts combles à girouettes, qui a conservé le caractère des anciennes constructions de la Renaissance. Au bâtiment principal accède un escalier à rampe de fer, et une galerie, décorée de statues de marbre, dessert son premier étage. La façade est percée de fenêtres à croisillons de pierre, fermées de vieux vitraux. Au centre se dresse le beffroi, coiffé d'un dôme à lucarnes que surmonte la logette du veilleur, abritée sous les plis du pavillon national. En retour, deux bâtiments forment avant-corps, réunis par une grille dont la porte s'ouvre sur une vaste cour, ornée aux angles de verdoyants massifs.

En face de la Maison de Ville, s'élève la gare à laquelle aboutit l'embranchement de Temesvar, dans le Banat. De là, facilité de communication avec Budapest par Szegedin pour ce côté est du Danube, et de l'autre côté, par la ligne qui permet de gagner vers l'ouest, Mohacz, Warasdin, Narbourg et Groetz, la capitale styrienne.

Nous avions fait halte sur la place Liszt.

«Voici, me dit le capitaine Haralan, la Maison de Ville. C'est là que, dans une vingtaine de jours, Marc et Myra viendront comparaître devant l'officier de l'état civil et feront à la question qu'il leur posera…

— La réponse connue d'avance! répondis-je en riant. Et, de là, pour se rendre à la cathédrale, est-ce qu'il y a loin?…

— Quelques minutes seulement, mon cher Vidal, et, si vous le voulez, nous allons suivre la rue Ladislas qui y conduit directement.»

Cette rue, qui est sillonnée par des tramways comme le quai Bathiany et les principales rues de Ragz, se termine devant la cathédrale de Saint-Michel, un monument du treizième siècle où se mélangent le roman et le gothique, et dont le style manque de pureté. Cependant, cette cathédrale a de belles parties, qui méritent l'attention des connaisseurs, sa façade flanquée de deux tours, sa flèche posée au transept, haute de trois cent quinze pieds, son portail central aux voussures très fouillées, sa grande rosace que traversent les rayons du soleil couchant, et dont s'éclaire largement alors la grande nef, enfin son abside arrondie entre ces multiples arcs-boutants qu'un touriste irrévérencieux a pu appeler l'appareil orthopédique des cathédrales.

«Nous aurons le temps d'en visiter plus tard l'intérieur, me fit observer le capitaine Haralan.

— Ce sera comme vous voudrez, répondis-je. Vous me guidez, mon cher capitaine, et je vous suis...

— Eh bien, remontons jusqu'au château; puis, nous contournerons la ville par la ligne des boulevards, et nous arriverons chez ma mère juste pour l'heure du déjeuner.»

Ragz possède d'autres églises, car les catholiques y sont en très grande majorité. Les cultes des rites luthérien, roumain et grec ont leurs temples et leurs chapelles sans aucune valeur architecturale. La Hongrie appartient surtout à la religion apostolique et romaine, bien que Budapest, sa capitale, soit, après Cracovie, la cité qui renferme le plus grand nombre de Juifs, là, comme ailleurs, la fortune des Magnats est passée presque tout entière entre leurs mains.

En nous dirigeant vers le château, nous avons dû traverser un faubourg assez animé, où se pressaient vendeurs et acheteurs. Et, précisément, à l'instant où nous arrivions sur une petite place, il s'y faisait un tapage plus tumultueux que ne le comporte habituellement le brouhaha des achats et des ventes.

Quelques femmes, ayant abandonné leurs étalages, entouraient un homme, un paysan étendu tout de son long sur le sol. Il semblait avoir de la peine à se relever, et criait, très en colère:

«Je vous dis qu'on m'a frappé... qu'on m'a poussé, et si violemment que je suis tombé du coup!...

— Qui donc t'aurait frappé, répliqua une de ces femmes. Tu étais seul à ce moment-là... Je te voyais bien de mon échoppe... Il n'y avait personne en cet endroit...

— Si... répondit l'homme, une poussée, cela se sent... là en pleine poitrine... cela ne vient pas tout seul!»

Le capitaine Haralan, qui interrogea ce paysan, après l'avoir relevé, en obtint l'explication suivante: il avait fait une vingtaine de pas au bout de la place, lorsque soudain, il éprouva une violente secousse, comme si un homme vigoureux l'eût heurté par devant, et, lorsqu'il regarda autour de lui, il ne vit personne...

Qu'y avait-il de vrai dans ce récit? Le paysan avait-il réellement reçu un choc aussi rude qu'imprévu? Mais une poussée ne se produit pas sans qu'il y ait eu un pousseur, ne fût-ce que le vent, et l'air était parfaitement calme. Ce qui était certain, c'est qu'il y avait eu chute assez inexplicable...

De là, tout ce tumulte qui grondait à notre arrivée.

Décidément, il fallait ou que l'homme eût été en proie à une hallucination, ou qu'il fût pris de boisson. Un ivrogne tombe de lui-même rien qu'en vertu de la loi de la chute des corps.

Ce fut, sans doute, l'opinion générale, bien que le paysan se défendît d'avoir bu, et, malgré ses réclamations, les agents l'emmenèrent au poste de police.

L'incident terminé, nous suivîmes une des voies montantes qui se dirigent vers l'est de la ville. Il y avait là un lacis de rues et de ruelles, un embrouillé labyrinthe, dont un étranger n'aurait pu sortir.

Enfin nous arrivâmes devant le château, solidement campé sur une des croupes de la colline de Wolfang.

C'était bien la forteresse des villes hongroises, l'acropole, le «var», le mot vrai de la langue magyare, la citadelle du temps féodal, aussi menaçante pour les ennemis du dehors, Huns ou Turcs, que pour les vassaux du seigneur. Hautes murailles crénelées, bordées de mâchicoulis, percées de meurtrières, flanquées de grosses tours, dont la plus élevée, le donjon, dominait toute la contrée environnante.

Le pont-levis, jeté au-dessus de la douve hérissée de mille arbustes sauvages, nous conduisit à la poterne, entre deux gros mortiers hors d'usage. Au-dessus s'allongeaient des gueules de canon, appartenant à cette artillerie ancienne, dont on fait des bornes d'amarrage sur le quai des ports.

Le grade du capitaine Haralan lui ouvrait naturellement toutes les portes de ces vieilles bastides, bonnes à classer parmi les monuments historiques. Les quelques vieux soldats qui la gardaient lui firent l'accueil militaire auquel il avait droit, et, une fois sur la place d'armes, il me proposa de monter au donjon qui en occupe un des angles.

Il ne fallut pas gravir moins de deux cent quarante marches de l'escalier tournant qui accède à la plate-forme supérieure.

En circulant le long du parapet, mes regards embrassèrent un horizon plus étendu que celui de la tour à l'hôtel Roderich. Je n'estimai pas à moins de trente kilomètres cette partie du Danube, dont le cours obliquait alors vers l'est dans la direction de Neusatz.

«Maintenant, mon cher Vidal, me dit le capitaine Haralan, vous connaissez notre ville en partie. Voici qu'elle se déroule tout entière à nos pieds...

— Et ce que j'en ai vu, répondis-je, m'a paru très intéressant, même après Budapest, après Presbourg...

— Je suis heureux de vous l'entendre dire, et, quand vous aurez achevé de visiter Ragz, que vous serez familiarisé avec ses mœurs, ses coutumes, ses originalités, je ne doute pas que vous en conserviez un excellent souvenir. C'est que nous aimons nos cités, nous autres Magyars, et d'un amour filial! Ici, d'ailleurs, les rapports sont d'une parfaite entente entre les diverses classes. La population possède au plus haut degré le goût de l'indépendance et les instincts du plus ardent patriotisme. En outre, la classe aisée est très secourable aux malheureux, dont le chiffre décroît chaque année, grâce aux institutions de charité. À vrai dire, vous n'y rencontrerez que peu de misérables, et, en tout cas, la misère y est aussitôt secourue que signalée.

— Je le sais, mon cher capitaine, comme je sais que le docteur Roderich ne s'épargne point aux pauvres gens, et que Mme Roderich, Mlle Myra, sont à la tête des œuvres de bienfaisance...

— Ma mère et ma sœur ne font que ce que doivent faire les personnes de leur condition et de leur situation. À mes yeux, la charité est le plus impérieux des devoirs!...

— Sans doute, ajoutai-je, mais il y a tant de manières de le remplir!

— C'est là le secret des femmes, mon cher Vidal, et une de leurs fonctions ici-bas...

— Oui... la plus noble, assurément.

— Enfin, reprit le capitaine Haralan, nous habitons une ville paisible, que les passions politiques ne troublent plus ou ne troublent guère, très jalouse cependant de ses droits et de ses privilèges qu'elle défendrait contre tout empiètement du pouvoir central. Je ne connais à nos concitoyens qu'un défaut...

— Et lequel?...

— C'est d'être quelque peu enclins à la superstition et de croire trop volontiers au surnaturel! Les légendes avec revenants et fantômes, évocations et diableries, ont le don de leur plaire plus qu'il ne convient! Je sais bien que les Ragziens sont très catholiques et que la pratique du catholicisme aide à cette prédisposition des esprits...

— Ainsi, dis-je, non point le docteur Roderich – un médecin n'y est guère porté – mais votre mère... votre sœur?...

— Oui, et tout leur monde avec elles, et, contre cette faiblesse – car c'en est une – je ne réussis point à réagir!... Marc m'y aidera peut-être...

— À moins, dis-je, que Mlle Myra ne s'y oppose!

— Et maintenant, mon cher Vidal, penchez-vous au-dessus du parapet... Dirigez vos regards vers le nord-est... là... à l'extrémité de la ville, apercevez-vous la terrasse d'un belvédère?...

— Je la vois, répondis-je, et il me semble bien que ce doit être la tour de l'hôtel Roderich...

— Vous ne vous trompez pas, et, dans cet hôtel, il y a une salle à manger, et, dans cette salle, un déjeuner va être servi d'ici une heure, et comme vous êtes un des convives...

— À vos ordres, mon cher capitaine...

— Eh bien, descendons, laissons le var à sa solitude féodale que nous avons interrompue un instant, et revenons en suivant la ligne des boulevards, ce qui vous fera traverser le nord de la ville...»

Quelques minutes après, nous avions franchi la poterne.

Au-delà d'un beau quartier qui s'étend jusqu'à l'enceinte de Ragz, les boulevards, dont le nom change à chacune des grandes rues qui les rejoignent, décrivent les trois quarts d'un cercle fermé par le Danube, et ils se développent sur une longueur de cinq kilomètres. Ils sont plantés d'un quadruple rang d'arbres, dans la force de l'âge, hêtres, marronniers et tilleuls. D'un côté se continue l'épaulement des anciennes courtines au-dessus duquel on aperçoit la campagne. De l'autre se succèdent les habitations luxueuses, pour la plupart précédées d'une cour, où s'épanouissent des corbeilles de fleurs, et dont la façade postérieure donne sur de frais jardins, arrosés d'eaux vives.

À cette heure, sur la chaussée des boulevards passaient déjà quelques équipages bien attelés, et, dans la contre-allée, des groupes de cavaliers et d'amazones en tenue élégante.

Au dernier tournant, nous prîmes à gauche afin de redescendre le boulevard Téléki, en direction du quai Bathiany.

De ce point j'aperçus une maison isolée au centre d'un jardin. D'un aspect triste, comme si elle eût été délaissée depuis quelque temps, ses fenêtres fermées de persiennes qui ne devaient presque jamais s'ouvrir, son soubassement envahi par la lèpre des mousses et le fouillis des ronces, elle contrastait étrangement avec les autres hôtels du boulevard.

Par la grille, au pied de laquelle poussaient des chardons, on pénétrait dans une petite cour, plantée de deux ormes que la vieillesse avait déjetés, et dont le tronc, fendu de longues entailles, laissait voir la pourriture intérieure.

Sur la façade, s'ouvrait une porte, déteinte sous les intempéries, les bises et les neiges de l'hiver, à laquelle on montait par un perron de trois marches délabrées.

Au-dessus du rez-de-chaussée se développait un premier étage, avec toit en grosses pannes et belvédère carré, dont les étroites fenêtres étaient drapées d'épais rideaux.

Il ne semblait pas que cette maison fût habitée, en admettant qu'elle fût habitable.

«À qui appartient-elle? demandai-je.

— À un original, me répondit le capitaine Haralan.

— Cette maison dépare le boulevard, dis-je... La ville devrait l'acheter et la démolir...

— D'autant plus, mon cher Vidal, que la maison démolie, son propriétaire quitterait la ville, et s'en irait au diable, son plus proche parent, à en croire les commères de Ragz!

— C'est un étranger?...

— Un Allemand.

— Un Allemand? répétai-je.

— Oui... un Prussien.

— Il se nomme?...»

Au moment où le capitaine Haralan allait répondre à ma question, la porte de la maison s'ouvrit. Deux hommes sortirent. Le plus âgé, un homme d'une soixantaine d'années, resta sur le perron, tandis que l'autre traversait la cour et franchissait la grille.

«Tiens, murmura le capitaine Haralan, il est donc ici?... Je le croyais absent...»

L'individu, en se retournant, nous aperçut. Connaissait-il le capitaine Haralan? Je n'en doutai pas, car tous deux échangèrent un regard d'antipathie auquel je ne pus me tromper.

Mais, de mon côté, je l'avais reconnu, et, lorsqu'il se fut éloigné de quelques pas:

«C'est bien lui, m'écriai-je.

— Vous avez déjà rencontré ce personnage? interrogea le capitaine Haralan, non sans manifester sa surprise.

— Sans doute, répondis-je. J'ai voyagé avec lui de Pest à Vukovar sur le *Mathias Corvin,* et je l'avoue, je ne m'attendais guère à le retrouver à Ragz.

— Et mieux vaudrait qu'il n'y fût pas! déclara le capitaine Haralan.

— Vous ne paraissez pas, dis-je, avoir des rapports agréables avec cet Allemand...

— Et qui pourrait en avoir!

— Il y a longtemps qu'il habite Ragz?…

— Depuis deux ans environ, et autant vous dire qu'il a eu l'impudence de demander la main de ma sœur! Mais mon père et moi la lui avons refusée de façon à lui ôter toute envie de renouveler sa demande...

— Quoi! c'est cet homme!...

— Vous saviez donc?...

— Oui... mon cher capitaine, et je n'ignore pas qu'il se nomme Wilhelm Storitz... et qu'il est le fils d'Otto Storitz de Spremberg!»

VI

Deux jours se passèrent, pendant lesquels je consacrai toutes mes heures libres à courir la ville. Comme un vrai Magyar, je faisais aussi de longues stations sur le pont qui unit les deux rives du Danube à l'île Svendor, et ne me lassais pas d'admirer ce magnifique fleuve.

Je dois l'avouer, malgré moi, le nom de ce Wilhelm Storitz me revenait fréquemment à l'esprit. Ainsi, c'était à Ragz qu'il demeurait d'habitude et, je l'appris, avec un seul serviteur, connu sous le nom de Hermann, ni plus sympathique ni plus abordable, ni plus communicatif que son maître. Il me sembla même que ce serviteur me rappelait par sa tournure et sa démarche l'homme qui, le jour de mon arrivée, paraissait nous suivre, mon frère et moi, pendant notre promenade sur le quai Bathiany.

J'avais cru devoir ne rien dire à Marc de cette rencontre que le capitaine et moi nous avions faite sur le boulevard Téléki[1]. Peut-être cela l'eût-il inquiété de savoir que Wilhelm Storitz, qu'il croyait absent de Ragz, y était revenu, et pourquoi obscurcir son bonheur d'une ombre d'inquiétude! Je regrettai pourtant que ce rival éconduit n'eût pas quitté la ville, tout au moins jusqu'au jour où le mariage de Marc et de Myra serait accompli.

Le 27, dans la matinée, je me préparais à ma promenade habituelle. Mon intention était d'excursionner aux environs de

---

1. Était écrit ici «Tékéli».

Ragz, à travers la campagne serbienne. J'allais donc descendre, lorsque mon frère entra dans ma chambre.

«J'ai fort à faire, mon ami, me dit-il, et tu ne m'en voudras pas si je te laisse seul...

— Va, mon cher Marc, lui répondis-je, et ne te préoccupe pas de moi...

— Est-ce que Haralan doit venir te prendre?...

— Non... il n'est pas libre... J'irai déjeuner dans quelque cabaret de l'autre côté du Danube...

— Surtout, mon cher Henry, aie soin d'être revenu à sept heures!...

— La table du docteur est trop bonne pour que je puisse l'oublier!

— Gourmand... Ah! il est aussi question d'une soirée qui sera donnée dans quelques jours à l'hôtel, et tu pourras étudier la haute société de Ragz...

— Une soirée de fiançailles, Marc?...

— Oh! il y a longtemps que ma chère Myra et moi nous sommes fiancés... Il me semble même que nous l'avons toujours été...

— Oui... de naissance...

— Peut-être bien!

— Adieu donc, ô le plus heureux des hommes...

— Attends pour me dire cela que ma fiancée soit ma femme!»

Après m'avoir serré la main, Marc sortit, et je descendis à la salle à manger.

Ce premier déjeuner achevé, j'allais partir, lorsque le capitaine Haralan parut. Je fus assez étonné de le voir, car il était convenu que, ce matin, je ne devais pas l'attendre.

«Vous? m'écriai-je. Eh bien, mon cher capitaine, voilà une agréable surprise!»

Me trompais-je? mais il me sembla que le capitaine Haralan était soucieux et il se contenta de me répondre:

«Mon cher Vidal... je suis venu...

— Je suis prêt, vous le voyez... Le temps est beau, et si vous ne vous effrayez pas de quelques heures de promenade...

— Non... une autre fois, si vous voulez...

— Alors qu'est-ce qui vous amène?...

— Mon père désire vous parler, et il nous attend à l'hôtel...

— Je suis à vous!» répondis-je.

En suivant le quai Bathiany, marchant l'un près de l'autre, le capitaine Haralan ne prononçait pas une parole. Qu'y avait-il donc, et qu'est-ce que le docteur Roderich pourrait avoir à me dire?... S'agissait-il du mariage de Marc?...

Dès que nous fûmes arrivés, le domestique nous introduisit dans le cabinet du docteur.

Mme et Mlle Roderich avaient déjà quitté l'hôtel, et, probablement, Marc les accompagnait dans leur course matinale.

Le docteur était seul dans son cabinet, assis devant sa table, et, lorsqu'il se retourna, il me parut aussi soucieux que son fils.

«Il y a quelque chose, pensai-je, et assurément Marc ne savait rien quand je l'ai vu ce matin... On ne lui a rien dit, et sans doute, on n'a rien voulu lui dire...»

Je pris place dans un fauteuil en face du docteur, tandis que le capitaine Haralan restait debout, devant la cheminée, où brûlait un reste de bois.

J'attendais que le docteur m'adressât la parole, non sans quelque anxiété.

«Tout d'abord, monsieur Vidal, me dit-il, je vous remercie d'être venu à l'hôtel...

— J'étais à vos ordres, monsieur Roderich.

— J'ai désiré vous faire une communication en présence d'Haralan...

— Une communication relative au mariage?...

— En effet.

— Grave?...

— Oui et non, répondit le docteur. Quoi qu'il en soit, je n'en ai informé ni ma femme, ni ma fille, ni votre frère, et je préfère leur laisser ignorer... Vous allez en juger, du reste!»

Instinctivement il se fit un rapprochement dans mon esprit entre cette communication et la rencontre que le capitaine Haralan et moi nous avions faite la veille devant la maison du boulevard Téléki.

«Hier, dans l'après-midi, reprit le docteur, alors que Mme Roderich et Myra étaient sorties, à l'heure de ma consultation, le domestique m'a fait passer la carte d'un visiteur que je ne m'attendais plus à revoir. En lisant le nom inscrit sur cette carte, j'éprouvai un vif mécontentement... Ce nom était celui de Wilhelm Storitz.»

Je pris la carte et je la tins quelques instants devant mes yeux.

Ce qui attira mon attention, c'est que ce nom, au lieu d'être gravé ou imprimé, était autographié, de l'écriture même de ce personnage inquiétant, avec sa signature ornée d'un paraphe compliqué, une sorte de bec d'oiseau de proie.

En voici du reste le fac-similé:

Wilhelm Storitz[2]

«Peut-être ne savez-vous pas, me demanda le docteur, quel est cet Allemand?...

— Si... Je suis au courant, répondis-je.

— Eh bien, il y a trois mois environ, avant que la demande de votre frère eût été faite et accueillie, Wilhelm Storitz vint solliciter la main de ma fille. Après avoir consulté ma femme, mon fils et Myra, qui partagèrent mon éloignement pour un tel mariage, je fis savoir à Wilhelm Storitz qu'il ne pourrait être donné suite à sa proposition. Au lieu de s'incliner devant ce refus, il renouvela sa demande en termes formels, et je lui répondis non moins formellement de manière à ne lui laisser aucun espoir.»

Tandis que parlait le docteur Roderich, le capitaine Haralan allait et venait à travers la chambre et s'arrêtait parfois devant l'une des fenêtres pour regarder dans la direction du boulevard Téléki.

«Monsieur Roderich, dis-je, j'avais eu connaissance de cette démarche et je sais qu'elle s'est produite antérieurement à la demande de mon frère...

— À peu près trois mois avant, monsieur Vidal.

— Ainsi, repris-je, ce n'est pas parce que Marc était déjà agréé que Wilhelm Storitz s'est vu refuser la main de Mlle Myra, mais bien parce que ce mariage n'entrait pas dans vos vues...

— Assurément. Jamais nous n'aurions consenti à cette union qui ne pouvait nous convenir sous aucun rapport, et à laquelle Myra eût opposé un refus catégorique...

---

2. L'auteur avait prévu ici une imitation de cette signature.

— Est-ce la personne... Est-ce la situation de Wilhelm Storitz qui vous a dicté cette résolution?...

— Pour sa situation, répondit le docteur Roderich, on croit volontiers que son père lui a laissé une belle fortune, due à de fructueuses découvertes. Quant à sa personne...

— Je le connais, monsieur Roderich...

— Vous le connaissez?...»

Je racontai dans quelles conditions j'avais rencontré Wilhelm Storitz sur le *dampfschiff*, sans me douter alors de qui il s'agissait. Pendant quarante-huit heures, cet Allemand avait été mon compagnon de voyage entre Pest et Vukovar, où je pensais qu'il avait débarqué, puisqu'il ne se trouvait plus à bord lors de mon arrivée à Ragz.

«Et enfin, hier, ajoutai-je, pendant ma promenade avec le capitaine Haralan, nous sommes passés devant sa maison, et je l'ai reconnu au moment où il en sortait...

— On disait cependant qu'il avait quitté la ville depuis quelques semaines, observa le docteur Roderich.

— On le croyait, et il est possible qu'il se soit absenté, répondit le capitaine Haralan, mais ce qui est certain, c'est qu'il est revenu dans sa maison, c'est que hier, il était à Ragz!»

La voix du capitaine Haralan dénotait une vive irritation.

Le docteur reprit en ces termes:

«Je vous ai répondu, monsieur Vidal, sur la situation de Wilhelm Storitz. Quant à son existence, qui se flatterait de la connaître?... Elle est absolument énigmatique!... Il semble que cet homme vive en dehors de l'humanité...

— N'y a-t-il pas là quelque exagération? fis-je observer au docteur.

— Quelque exagération, sans doute, me répondit-il. Cependant, il appartient à une famille assez suspecte, et, avant lui, son père Otto Storitz prêtait aux plus singulières légendes...

— Qui lui ont survécu, docteur, si j'en juge par un article du *Wienner Extrablatt*, que j'ai lu à Pest. C'est à propos de l'anniversaire qui est célébré tous les ans à Spremberg, dans le cimetière de la ville. À en croire le chroniqueur, le temps n'a point affaibli ces superstitieux racontars!... Le savant mort a hérité du savant vivant!... C'était un sorcier... Il possédait des secrets de l'autre monde... il disposait d'un pouvoir surnaturel, et, chaque année on s'attend, paraît-il, à voir quelque phénomène extraordinaire se produire autour de sa tombe!...

— Donc, monsieur Vidal, conclut le docteur Roderich, et, d'après ce qui se passe à Spremberg, ne vous étonnez pas si à Ragz ce Wilhelm Storitz est regardé comme un personnage étrange!... Et c'est un pareil homme qui a demandé la main de ma fille, et qui, hier, a eu l'audace de renouveler cette demande...

— Hier?... m'écriai-je.

— Hier même pendant sa visite!

— Et, ne fût-il pas ce qu'il est, s'écria le capitaine Haralan, il resterait encore que c'est un Prussien, et cela eût suffi à nous faire repousser une pareille alliance! Vous le comprendrez, mon cher Vidal...

— Je le comprends, capitaine!»

Et, dans ces paroles, éclatait toute l'antipathie que, par tradition comme par instinct, la race magyare éprouve pour la race germanique!

«Voici comment les choses se sont passées, reprit le docteur Roderich, car il est bon que vous le sachiez. Lorsque je reçus la carte de Wilhelm Storitz, j'hésitai... Fallait-il l'introduire près de moi ou lui faire répondre que je ne pouvais le recevoir?

— Peut-être cela eût-il été préférable, mon père, dit le capitaine Haralan, car, après l'insuccès de sa première démarche, cet homme aurait dû comprendre qu'il ne devait sous aucun prétexte remettre les pieds ici...

— Oui, peut-être, dit le docteur, mais j'ai craint de le pousser à bout et qu'il s'ensuivît quelque scandale...

— Auquel j'eusse mis promptement terme, mon père!

— Et c'est précisément parce que je te connais, dit le docteur en prenant la main du capitaine Haralan, c'est pour cela que j'ai agi prudemment!... Et, même, quoi qu'il puisse arriver, je fais appel à ton affection pour ta mère et moi, pour ta sœur dont la situation serait très pénible, si son nom était prononcé, si ce Wilhelm Storitz faisait un éclat...»

Bien que je ne connusse le capitaine Haralan que depuis peu de temps, je le jugeais comme un homme de caractère très vif, et soucieux jusqu'à l'extrême de ce qui touchait à sa famille.

Aussi regrettais-je que le rival de Marc fût revenu à Ragz et surtout qu'il eût renouvelé sa demande.

Le docteur acheva de nous raconter en détail cette visite. C'était dans le cabinet même où nous étions en ce moment. Wilhelm Storitz avait tout d'abord pris la parole sur un ton qui témoignait d'une ténacité peu ordinaire. Rentré à Ragz depuis quarante-huit heures, M. Roderich ne pouvait s'étonner qu'il eût voulu le revoir. «Si je l'ai fait, dit-il, si j'ai insisté pour être reçu, c'est que j'ai désiré faire une seconde tentative, qui ne sera pas la dernière... — Monsieur, répondit le docteur, j'ai pu comprendre votre première démarche, mais je ne comprends plus celle-ci, et votre présence chez moi... — Monsieur, reprit-il froidement, je n'ai pas renoncé à l'honneur de devenir l'époux de Mlle Myra Roderich, et c'est à ce propos que j'ai voulu vous revoir... — Alors, monsieur, déclara le docteur, votre visite ne saurait être justifiée en aucune façon... Nous n'avons pas à revenir sur notre refus, et je ne vois aucune raison de cette insistance… — Au contraire, reprit Wilhelm Storitz, cette raison existe, et ce qui me détermine précisément à insister, c'est qu'un autre s'est présenté, un autre, plus heureux que moi, que vous avez cru devoir agréer... un Français... un Français!... — Oui, répondit le docteur, un Français, M. Marc Vidal, a demandé la main de ma fille... — Et il l'a obtenue! s'écria Wilhelm Storitz. — Oui, monsieur, répondit le docteur, et, à défaut d'autre motif, cela aurait dû vous faire comprendre que vous n'aviez plus rien à espérer si tant est que vous eussiez pu conserver un espoir... — Que je conserve encore, déclara Wilhelm Storitz! Non! je ne renonce point à cette union avec Mlle Myra Roderich!... Je l'aime, et, si elle n'est pas à moi, du moins ne sera-t-elle jamais à un autre!»

«L'insolent... le misérable! répétait le capitaine Haralan. Il a osé parler de la sorte, et je n'étais pas là pour le jeter dehors!»

Décidément, pensai-je, si ces deux hommes se trouvent l'un en face de l'autre, il sera difficile d'empêcher cet éclat que redoute le docteur Roderich!

«Ces derniers mots prononcés, nous dit le docteur, je me levai et signifiai que je ne voulais pas en entendre davantage... Le mariage était décidé et serait célébré dans quelques jours...

— Ni dans quelques jours ni plus tard... répondit Wilhelm Storitz. — Monsieur, dis-je, en lui montrant la porte, veuillez sortir!... Tout autre que lui eût compris que sa visite ne pouvait se prolonger... Eh bien, il resta, son ton baissa, il essaya d'obtenir par la douceur ce qu'il n'avait pu obtenir par la violence, – tout au moins la promesse qu'il serait sursis au mariage. Alors, j'allai vers la cheminée pour sonner le domestique. Il me saisit le bras, la colère le reprit, sa voix retentit au point qu'on devait l'entendre du dehors. Heureusement, ma femme et ma fille n'étaient pas encore rentrées à l'hôtel! Wilhelm Storitz consentit enfin à se retirer, mais non sans proférer des menaces!... Mlle Roderich n'épouserait pas ce Français... Il surgirait de tels obstacles que le mariage serait impossible... Les Storitz disposaient de moyens qui pouvaient défier toute puissance humaine, et il n'hésiterait pas à s'en servir contre l'imprudente famille qui le repoussait... Enfin, il ouvrit la porte du cabinet, il sortit furieusement, au milieu de quelques personnes qui attendaient dans la galerie, me laissant très effrayé de ses menaçantes paroles!»

Ainsi que le docteur nous le répéta, pas un mot de toute cette scène n'avait été rapporté ni à Mme Roderich, ni à sa fille, ni à mon frère. Mieux valait leur épargner cette inquiétude. D'ailleurs, je connaissais assez Marc pour craindre qu'il voulût donner une suite à cette affaire tout comme le capitaine Haralan. Celui-ci se rendit cependant aux raisons de son père.

«Soit, dit-il, je n'irai pas châtier cet insolent. Mais si c'est lui qui vient à moi... si c'est lui qui s'en prend à Marc... si c'est lui qui nous provoque?...»

Le docteur Roderich ne put répondre.

Notre conversation prit fin. Dans tous les cas, il fallait attendre, et personne ne saurait rien, si Wilhelm Storitz ne passait pas des paroles aux actes. Et, au total, que pourrait-il? Comment empêcherait-il le mariage? Serait-ce en obligeant Marc, par une insulte publique, à se rencontrer avec lui?... Ne serait-ce pas plutôt en exerçant quelque violence contre Myra Roderich?... Mais comment parviendrait-il à pénétrer dans l'hôtel, où il ne serait plus reçu?... Il n'était pas en son pouvoir, j'imagine, d'en forcer les portes!... D'ailleurs, le docteur

Roderich n'hésiterait pas à prévenir l'autorité, qui saurait bien mettre cet Allemand à la raison!

Avant de nous séparer, le docteur adjura une dernière fois son fils de ne point prendre à partie cet insolent personnage, et, je le répète, ce ne fut pas sans peine que se rendit le capitaine Haralan.

Notre entretien s'était assez prolongé pour que Mme Roderich, sa fille et mon frère fussent rentrés à l'hôtel. Je dus rester à déjeuner, en sorte qu'il fallut remettre à l'après-midi mon excursion aux environs de Ragz.

Il va sans dire que je donnai un motif quelconque à ma présence, ce matin-là, dans le cabinet du docteur. Marc n'eut donc aucun soupçon, et le déjeuner se passa très agréablement.

Et, lorsqu'on se leva de table, Mlle Myra me dit:

«Monsieur Henry, puisque nous avons eu le plaisir de vous trouver ici, vous ne nous quitterez plus de toute la journée...

— Et mes promenades? répondis-je.

— Nous les ferons ensemble!

— C'est que je comptais aller un peu loin...

— Nous irons un peu loin!

— À pied...

— Et à pied!

— Tu ne peux refuser, ajouta mon frère, puisque Mlle Myra te le demande.

— Non, vous ne le pouvez pas, ou tout sera rompu entre nous, monsieur Henry!...

— À vos ordres, mademoiselle!

— Et puis, monsieur Henry, est-il donc nécessaire d'aller si loin?... Je suis sûre que vous n'avez pas encore admiré dans toute sa beauté l'île Svendor...

— Je devais le faire demain...

— Eh bien, nous irons aujourd'hui.»

Et c'est en compagnie de Mme, de Mlle Roderich et de Marc, que je visitai cette île, transformée en jardin public, une sorte de parc, avec bosquets, chalets, et attractions de toutes sortes.

Cependant, mon esprit n'était pas tout à cette promenade. Marc s'en aperçut et je dus lui faire quelque réponse évasive.

Était-ce donc la crainte de rencontrer Wilhelm Storitz sur notre route?... Non, je songeais plutôt à ce qu'il avait dit au docteur Roderich: «il surgirait de tels obstacles que le mariage serait rendu impossible... Les Storitz disposaient de moyens qui pouvaient défier toute puissance humaine!» Que signifiaient ces paroles?... Devait-on les prendre au sérieux?... Je me promis de m'en expliquer avec le docteur, lorsque nous serions seuls.

Plusieurs jours s'écoulèrent. Je commençais à me rassurer. On n'avait point revu Wilhelm Storitz. Cependant, il n'avait point quitté la ville. La maison du boulevard Téléki était toujours habitée. En passant, je vis le serviteur Hermann en sortir. Une fois même, Wilhelm Storitz apparut à l'une des fenêtres du belvédère, le regard tourné vers l'extrémité du boulevard, dans la direction de l'hôtel Roderich...

Or, les choses en étaient là, lorsque, dans la nuit du 3 au 4 mai, se produisit cet incident:

Bien que la porte de la Maison de Ville fût constamment gardée par les plantons de service, et que personne ne pût s'en approcher sans être vu, l'affiche de mariage au nom de Marc Vidal et de Myra Roderich fut arrachée du cadre des publications, et on en retrouva les morceaux à quelques pas de là!

VII

Cet acte inqualifiable, qui l'avait commis, si ce n'est celui-là seul qui eût intérêt à le commettre?... Serait-il suivi d'autres actes plus graves?... Était-ce le commencement des représailles contre la famille Roderich?...

Le docteur Roderich fut informé de cet incident dès la première heure par le capitaine Haralan, qui vint aussitôt à l'hôtel Temesvar.

On imagine aisément dans quel état d'irritation il était.

«C'est ce coquin qui a fait le coup, s'écria-t-il, oui, lui!... Comment s'y est-il pris, je l'ignore! Il ne s'en tiendra pas là, sans doute, mais je ne le laisserai pas faire!...

— Gardez votre sang-froid, mon cher Haralan, dis-je, et ne commettez pas quelque imprudence qui pourrait compliquer la situation!...

— Mon cher Vidal, si mon père m'avait fait prévenir avant que cet homme fût sorti de l'hôtel, ou si, depuis, on m'eût laissé agir, nous serions débarrassés de lui...

— Je persiste à penser, mon cher Haralan, qu'il vaut mieux que vous n'en ayez rien fait...

— Et s'il continue?...

— Il sera temps de réclamer l'intervention de la police! Songez à votre mère, à votre sœur...

— Ne vont-elles pas apprendre que cette affiche?...

— On ne leur dira pas... ni à Marc... Après le mariage, nous verrons ce qu'il y aura à faire...

— Après?... répondit le capitaine Haralan, et s'il est trop tard?...»

Ce jour-là, à l'hôtel, on ne s'occupait que de la soirée des fiançailles. M. et Mme Roderich avaient voulu «faire bien les choses» pour employer une manière de parler toute française. Les préparatifs étaient presque achevés. Le docteur, qui ne comptait que des amis dans la société ragzienne, avait lancé des invitations en assez grand nombre. Ici, comme sur un terrain neutre, l'aristocratie magyare se rencontrerait avec l'armée, la magistrature, les fonctionnaires et les représentants du commerce et de l'industrie. Le gouverneur de Ragz avait accepté l'invitation du docteur, auquel l'unissait une amitié personnelle déjà ancienne.

Environ cent cinquante personnes devaient se réunir, ce soir-là, dans l'hôtel, et les salons y suffiraient largement, ainsi que la galerie, où le souper serait servi à la fin de la soirée.

Personne ne songera à s'étonner que la question de toilette eût occupé Myra Roderich dans une juste mesure, ni que Marc eût voulu y apporter son goût d'artiste, – ce qu'il avait déjà fait, à propos du portrait de sa fiancée. D'ailleurs, Myra était magyare, et le Magyar, quel que soit son sexe, a le grand souci de l'habillement. C'est dans le sang, comme l'amour de la danse, qui va jusqu'à la passion. Aussi, ce que j'ai dit de Mlle Myra, s'appliquant à toutes les dames et à tous les hommes, cette soirée de fiançailles promettait d'être très brillante.

L'après-midi, les préparatifs furent achevés. J'avais passé cette journée à l'hôtel, en attendant l'heure d'aller procéder, moi aussi, à ma toilette, comme un vrai Magyar.

À un instant où j'étais accoudé devant une des fenêtres donnant sur le quai Bathiany, j'eus l'extrême déplaisir d'apercevoir Wilhelm Storitz. Était-ce le hasard qui l'amenait là? Non, sans doute. Il suivait le quai le long du fleuve, la tête baissée, lentement. Mais, lorsqu'il fut à la hauteur de l'hôtel, il se redressa, et quel regard s'échappa de ses yeux! Il passa à plusieurs reprises, et Mme Roderich ne fut pas sans le remarquer. Aussi crut-elle devoir en parler au docteur, qui se contenta de la rassurer, mais ne lui dit rien de la visite de Wilhelm Storitz.

J'ajouterai que, lorsque Marc et moi sortîmes pour aller à l'hôtel Temesvar, cet homme nous rencontra sur la place

Magyare. Dès qu'il aperçut mon frère, il s'arrêta d'un mouvement brusque et parut hésiter comme s'il voulait venir à nous. Mais il resta immobile, la face pâle, les bras d'une raideur cataleptique... Allait-il donc tomber sur place? Ses yeux, ses yeux fulgurants, quel regard ils jetaient à Marc, qui affectait de ne point faire attention à lui. Et, lorsque nous l'eûmes laissé de quelques pas en arrière:

«Tu as remarqué cet individu? me demanda-t-il.

— Oui, Marc.

— C'est ce Wilhelm Storitz dont je t'ai parlé...

— Je le sais.

— Tu le connais donc?...

— Le capitaine Haralan me l'a montré une ou deux fois déjà...

— Je croyais qu'il avait quitté Ragz?... dit Marc.

— Il paraît que non, ou du moins, il y est revenu...

— Peu importe, après tout!

— Oui, peu importe», répondis-je.

Mais, à mon avis, l'absence de Wilhelm Storitz eût été plus rassurante.

Vers neuf heures du soir, les premières voitures s'arrêtèrent devant l'hôtel Roderich, et les salons commencèrent à se remplir. Le docteur, sa femme, sa fille, recevaient leurs invités à l'entrée de la galerie resplendissante de l'éclat des lustres. Le gouverneur de Ragz ne tarda pas à être annoncé, et ce ne fut pas sans grandes marques de sympathie que Son Excellence présenta ses compliments à la famille. Mlle Myra fut particulièrement l'objet de ses prévenances, ainsi que mon frère, et d'ailleurs, les félicitations leur vinrent de toutes parts.

Entre neuf et dix heures affluèrent les autorités de la ville, les magistrats, les officiers, les camarades du capitaine Haralan, qui, bien que son visage me parût encore soucieux, mettait beaucoup de bonne grâce à recevoir les invités. Les toilettes des dames resplendissaient au milieu des uniformes et des habits noirs. Tout ce monde allait et venait à travers les salons et la galerie. On admirait les cadeaux exposés dans le cabinet du docteur, bijoux et bibelots de prix, et ceux qui venaient de mon frère témoignaient d'un goût exquis. Sur une des consoles du grand salon était placé un magnifique bouquet de roses et de fleurs d'oranger, le bouquet des fiançailles, et, suivant la coutume magyare, auprès du bouquet, sur un coussin de velours, reposait la couronne nuptiale que porterait Myra, le jour du mariage, lorsqu'elle se rendrait à l'église.

Le programme de la soirée comprenait deux parties, un concert et un bal. Les danses ne devaient pas commencer avant minuit, et peut-être la plupart des invités regrettaient-ils que l'heure en fût si tardive, car, je le répète, il n'est pas de divertissement auquel Hongrois et Hongroises se livrent avec plus de plaisir et de passion!

Et, cependant, la partie musicale du programme avait été confiée à un remarquable orchestre de Tsiganes. Cet orchestre, en grand renom dans le pays magyar, ne s'était pas encore fait entendre à Ragz. Les musiciens et leur chef prirent place à l'heure dite dans la salle.

Je ne l'ignorais pas, les Hongrois sont enthousiastes de musique. Mais, suivant une juste remarque, il existe entre les Allemands et eux une différence très sensible dans leur manière d'en goûter le charme. Le Magyar est un dilettante, non un exécutant. Il ne chante pas, ou chante peu, il écoute, et, lorsqu'il s'agit de la musique nationale, l'écouter est à la fois pour lui une affaire sérieuse et un plaisir d'une extraordinaire intensité. Aucun peuple, je crois, n'est si remarquablement impressionné sous ce rapport, et les Tsiganes, ces instrumentistes originaires de la Bohême, répondent le mieux à ses instincts patriotiques.

L'orchestre se composait d'une douzaine d'exécutants sous la direction d'un chef. Ce qu'ils allaient jouer, c'étaient leurs plus jolis morceaux, ces «Hongroises», qui sont des chants guerriers, des marches militaires, que le Magyar, homme d'action, préfère aux rêveries de la musique allemande.

Peut-être s'étonnera-t-on que, pour une soirée de fiançailles, on n'eût pas choisi une musique plus nuptiale, des hymnes plus hyménéens, consacrés à ce genre de cérémonie. Mais ce n'est pas la tradition, et la Hongrie est le pays des traditions. Elle est fidèle à ses mélodies populaires, comme la Serbie à ses *pesmas*, comme la Roumanie à ses *doïmas*. Ce qu'il lui faut, ce sont ces airs entraînants, ces marches rythmées, qui la rassurent sur les champs de bataille et célèbrent les exploits inoubliables de son histoire.

Les Tsiganes avaient revêtu les costumes d'origine bohémienne. Je ne me lassais pas d'observer ces types si curieux, leurs visages hâlés, leurs yeux brillants sous de gros sourcils, leurs pommettes saillantes, leur denture aiguë et blanche que découvre la lèvre, leurs cheveux noirs dont la crêpelure ondulait sur un front un peu fuyant.

Ils avaient quatre sortes d'instruments à cordes, les basses et les altos destinés au motif principal au-dessus desquels se dessine l'accompagnement fantaisiste des violons, des flûtes, des hautbois. Entre les mains de deux de ces exécutants, je vis le cymbalum à cordes métalliques, que l'on frappe au moyen de baguettes, dont la table d'harmonie accentue la pénétration très particulière, et que je ne saurais comparer à aucune autre.

Le répertoire de cet orchestre, supérieur à ceux du même genre que j'avais entendus à Paris, produisit un grand effet. Toute l'assistance écoutait religieusement, puis s'abandonnait à des applaudissements frénétiques. Ainsi furent accueillis les morceaux les plus populaires, entre autres *Le Chant de Rakos* et *La Marche transylvanienne* de Racoczy, que les Tsiganes enlevèrent avec une maestria capable de réveiller, ce soir-là, tous les échos de la Puszta!

Le temps réservé à ces auditions était écoulé. Pour mon compte, j'y avais éprouvé un plaisir des plus vifs, en ce milieu magyar, alors que dans certaines accalmies de l'orchestre, le lointain murmure du Danube arrivait jusqu'à moi!

Je n'oserais affirmer que Marc eût goûté le charme de cette étrange musique. Il en était une autre, plus douce, plus intime qui lui remplissait l'âme. Assis près de Myra Roderich, leurs regards se parlaient, ils se chantaient ces romances sans paroles qui ravissent le cœur des fiancés.

Après les derniers applaudissements, le chef des Tsiganes se releva, ses compagnons l'imitèrent. Le docteur Roderich et le capitaine Haralan les remercièrent en termes flatteurs, auxquels ils parurent très sensibles, et ils se retirèrent.

Entre les deux parties du programme, il y eut ce que j'appellerai un entracte, pendant lequel les invités quittèrent leurs places, se recherchèrent, formèrent des groupes différents, quelques-uns se dispersant à travers le jardin brillamment illuminé, tandis que les plateaux circulaient, chargés de boissons rafraîchissantes.

Jusqu'à ce moment, rien n'avait troublé l'ordonnance de cette fête, et, si bien commencée, il n'y avait aucune raison pour qu'elle ne finît pas de même. Vraiment, si j'avais pu le craindre, si quelques appréhensions étaient nées dans mon esprit, je devais avoir repris toute assurance.

Aussi, je ne marchandai pas les félicitations à Mme Roderich.

«Je vous remercie, monsieur Vidal, me répondit-elle, et je suis heureuse que nos invités aient passé là une heure agréable. Mais, au milieu de tout ce monde si joyeux, je ne vois que ma chère fille et votre frère!... Ils sont si heureux...

— Madame, répondis-je, c'est un bonheur qui vous était dû... le plus grand que puissent rêver un père et une mère!»

Et, par quel pressentiment, cette phrase assez banale me rappela-t-elle le souvenir de Wilhelm Storitz? En tout cas, le capitaine Haralan ne paraissait plus songer à lui. Était-ce voulu de sa part, était-ce naturel?... Je ne sais, mais il allait d'un groupe à l'autre, animant cette fête de sa joie entraînante, et sans doute plus d'une jeune Hongroise le regardait avec quelque admiration! Puis, il était si heureux de la sympathie que la ville entière, on peut le dire, avait voulu en cette circonstance té-moigner à sa famille!

«Mon cher capitaine, lui dis-je, lorsqu'il passa près de moi, si le second numéro de votre programme vaut le premier...

— N'en doutez pas! s'écria-t-il. La musique, c'est bien... mais la danse, c'est mieux!...

— Eh bien, repris-je, un Français ne reculera pas devant un Magyar... J'ai la seconde valse de votre sœur...

— Et pourquoi pas... la première?...

— La première?... Mais elle est à Marc... de droit et de tradition!... Oubliez-vous donc Marc, et voulez-vous que je me fasse une affaire avec lui?...

— C'est juste, mon cher Vidal. Aux deux fiancés d'ouvrir le bal.»

À l'orchestre des Tsiganes avait succédé un orchestre de danse installé au fond de la galerie. Des tables étaient disposées dans le cabinet du docteur, de telle sorte que les gens graves, auxquels leur gravité interdisait les mazurkas et les valses, pourraient se livrer aux plaisirs du jeu.

Or, le nouvel orchestre n'avait pas encore préludé, attendant que le capitaine Haralan lui en donnât le signal, lorsque, du côté de la galerie, dont la porte s'entrouvrait sur le jardin, se fit entendre une voix, lointaine encore, d'une sonorité puissante et rude. C'était un chant étrange, d'un rythme bizarre, auquel la tonalité manquait, des phrases que ne reliait aucun lien mélodique.

Les couples, formés pour la première valse, s'étaient arrêtés... On écoutait... Ne s'agissait-il pas d'une surprise ajoutée au programme de la soirée?...

Le capitaine Haralan, s'étant approché:

«Qu'est-ce donc?... lui demandai-je.

— Je ne sais, répondit-il d'un ton où perçait une certaine inquiétude.

— Peut-être est-ce dans la rue?...

— Non... je ne crois pas!»

En effet, celui dont la voix arrivait jusqu'à nous devait être dans le jardin, en marche vers la galerie... et peut-être était-il sur le point d'y entrer?...

Le capitaine Haralan me saisit le bras, et m'entraîna à la porte du salon.

Il n'y avait alors dans la galerie qu'une dizaine de personnes, sans compter l'orchestre installé au fond, derrière les pupitres... Les autres invités étaient groupés dans le salon et dans la salle. Ceux qui s'étaient dirigés vers le jardin venaient de rentrer.

Le capitaine Haralan vint se placer sur le perron... Je le suivis, et nos regards purent parcourir le jardin, éclairé dans toute son étendue...

Personne.

M. et Mme Roderich nous rejoignirent en ce moment, et le docteur, s'adressant à son fils, dit:

«Eh bien... sait-on?...»

Le capitaine Haralan fit un geste négatif.

Cependant, la voix continuait à se faire entendre, plus accentuée, plus impérieuse, en se rapprochant toujours...

Marc, ayant Mlle Myra à son bras, vint près de nous dans la galerie. Mme Roderich, au milieu d'autres dames, qui l'interrogeaient, ne pouvait répondre.

«Je saurai bien!» s'écria le capitaine Haralan, en descendant le perron.

Le docteur Roderich, plusieurs domestiques et moi, nous le suivîmes.

Soudain la voix se tut, et le chant fut interrompu alors que le chanteur semblait ne plus être qu'à quelques pas de la galerie.

Le jardin fut visité, ses massifs furent fouillés… Les illuminations n'y laissaient pas un coin dans l'ombre... et, cependant... personne.

Était-il possible que cette voix fût venue du boulevard Téléki... d'un passant attardé?

Cela paraissait peu vraisemblable, et d'ailleurs, le docteur Roderich alla constater que le boulevard était absolument désert à cette heure.

Une seule lumière brillait à cinq cents pas sur la gauche, la lumière à peine visible qui s'échappait du belvédère de la maison Storitz.

Dès que nous fûmes rentrés dans la galerie, il n'y eût autre chose à répondre à ceux des invités qui nous interrogeaient qu'en donnant le signal de la valse.

C'est ce que fit le capitaine Haralan, et les groupes se reformèrent.

«Eh bien, me dit Mlle Myra en riant, vous n'avez pas choisi votre valseuse?...

— Ma valseuse, c'est vous, mademoiselle, mais pour la seconde valse seulement...

— Alors, mon cher Henry, me dit Marc, nous n'allons pas te faire attendre!»

Et l'orchestre venait d'achever le prélude d'une valse de Strauss, lorsque la voix retentit de nouveau, et cette fois au milieu du salon...

Alors au trouble qui se propageait parmi les invités se joignit un vif sentiment d'indignation.

La voix lançait à pleins poumons un hymne allemand, ce *Chant de la haine* de Georges Harwegh. Il y avait là une provocation au patriotisme magyar, une insulte directe et voulue!

Et celui dont la voix éclatait au milieu de ce salon... on ne le voyait pas!... Il était là, pourtant, et nul ne pouvait l'apercevoir!...

Les valseurs s'étaient dispersés, refluant dans la salle et dans la galerie. Une sorte de panique gagnait les invités, surtout les dames.

Le capitaine Haralan allait à travers le salon, l'œil en feu, les mains tendues comme pour saisir l'être qui échappait à nos regards...

En ce moment, la voix cessa avec le dernier refrain du *Chant de la haine*.

Et, alors, j'ai vu... oui! et cent personnes ont vu comme moi ce que leurs yeux se refusaient à croire...

Voici que le bouquet déposé sur la console, le bouquet de fiançailles, est brusquement arraché, déchiré, et ses fleurs piétinées jonchent le parquet...

Cette fois, ce fut l'épouvante qui envahit tous les esprits! Chacun voulut fuir le théâtre de si étranges phénomènes!... Moi je me demandais si j'avais bien toute ma raison au milieu de ces incohérences.

Le capitaine Haralan venait de me rejoindre, et, il me dit, pâle de colère:

«C'est Wilhelm Storitz!»

Wilhelm Storitz?... Était-il fou?...

À cet instant, la couronne nuptiale s'enleva du coussin sur lequel elle était placée, traversa le salon, puis la galerie, sans qu'on pût apercevoir la main qui la tenait, et disparut entre les massifs du jardin.

VIII

A vant le jour, le bruit des incidents dont l'hôtel Roderich venait d'être le théâtre s'était répandu par la ville. Dès le matin, les journaux racontèrent sans exagérer ce qui s'était passé, et d'ailleurs, eût-il été possible de le faire?... Tout d'abord, ainsi que je l'attendais, le public ne voulut pas admettre que ces phénomènes fussent naturels. Cependant, ils l'étaient, ils ne pouvaient pas ne pas l'être. Quant à leur donner une explication acceptable, c'était autre chose.

Je n'ai pas besoin de dire que la soirée avait pris fin avec les derniers incidents. Marc et Myra en avaient paru profondément affectés. Ce bouquet de fiançailles piétiné, cette couronne nuptiale volée sous leurs yeux!... À la veille du mariage, quel mauvais augure!

Pendant la matinée, des groupes nombreux se tinrent devant l'hôtel Roderich. Les gens du peuple affluaient sur le quai Bathiany, en grande majorité des femmes, sous les fenêtres du rez-de-chaussée, qui n'avaient point été rouvertes.

Dans ces groupes, on causait avec une extrême animation. Les uns s'abandonnaient aux idées les plus extravagantes; les autres se contentaient de jeter des regards peu rassurés sur l'hôtel.

Mme Roderich ni sa fille n'étaient sorties ce matin pour la messe, suivant leur habitude. Myra était restée près de sa mère, dangereusement impressionnée par les scènes de la veille, et qui avait besoin du plus grand repos.

À huit heures, la porte de ma chambre s'ouvrit; Marc amenait avec lui le docteur et le capitaine Haralan. Nous avions à causer, peut-être à prendre quelques mesures d'urgence, et mieux valait que cet entretien n'eût pas lieu à l'hôtel Roderich. Mon frère et moi, nous étions rentrés ensemble dans la nuit, et, de très bonne heure, il était allé prendre des nouvelles de Mme Roderich et de sa fille. Puis, sur sa proposition, le docteur et le capitaine Haralan s'étaient empressés de le suivre.

La conversation s'engagea aussitôt.

«Henry, me dit Marc, j'ai donné l'ordre de ne laisser monter personne. Ici, on ne peut nous entendre, et nous sommes seuls... bien seuls... dans cette chambre!»

En quel état se trouvait mon frère. Sa figure, rayonnante de bonheur la veille, était défaite, affreusement pâle. En somme, il me sembla plus accablé que ne le comportaient peut-être les circonstances.

Le docteur Roderich faisait des efforts pour se contenir, très différent de son fils, qui, les lèvres serrées, le regard troublé, me laissait voir à quelle obsession il était en proie...

Je me promis de conserver tout mon sang-froid dans cette situation.

Mon premier soin fut de m'informer de Mme Roderich et de sa fille.

«Toutes deux ont été très éprouvées par les incidents d'hier, me répondit le docteur, et quelques jours seront nécessaires pour qu'elles puissent se remettre. Cependant, Myra, très affectée d'abord, a fait appel à son énergie et s'efforce de rassurer sa mère, plus frappée qu'elle. J'espère que le souvenir de cette soirée s'effacera bientôt de son esprit, et à moins que ces déplorables scènes se renouvellent...

— Se renouveler? dis-je. Il n'y a pas lieu de le craindre, docteur. Les circonstances dans lesquelles se sont produits ces phénomènes, – puis-je les appeler autrement? – ne se représenteront pas...

— Qui sait? répondit le docteur Roderich, qui sait? Aussi ai-je grande hâte que le mariage soit accompli, car il me semble bien que...»

Le docteur n'acheva pas cette phrase dont le sens n'était que trop compréhensible. Quant à Marc, il n'y fit aucune réponse, car il ne savait rien encore des dernières démarches de Wilhelm Storitz.

Le capitaine Haralan, lui, avait son opinion faite. Toutefois, il s'obstinait à un silence absolu, attendant sans doute que j'eusse donné mon avis sur les événements de la veille.

«Monsieur Vidal, reprit le docteur Roderich, que pensez-vous de tout cela?»

Il me parut que j'avais plutôt à jouer le rôle d'un sceptique, qui n'entend point prendre au sérieux ces étrangetés dont nous avions été témoins. Mieux valait affecter de n'y rien voir d'extraordinaire, en raison même de leur inexplicabilité, si l'on peut employer ce mot. D'ailleurs, à vrai dire, la demande du docteur ne laissait pas de m'embarrasser, et pouvais-je m'en tirer par une réponse évasive?...

«Monsieur Roderich, dis-je, je vous l'avoue, ce «tout cela», comme vous l'appelez, ne me paraît pas mériter qu'on s'y arrête longtemps. Que penser, si ce n'est qu'il n'y a eu là que l'œuvre d'un mauvais plaisant! Un mystificateur s'est glissé parmi vos invités... Il s'est permis d'ajouter au programme de la soirée une scène de ventriloquie d'un effet déplorable... Vous savez combien ces exercices d'engastérisme s'exécutent maintenant avec un art merveilleux...»

Le capitaine Haralan s'était retourné vers moi, il me regardait les yeux dans les yeux, comme pour lire plus avant dans ma pensée... et son regard signifiait clairement: «Nous ne sommes pas ici pour nous payer d'explications de ce genre!»

D'ailleurs, le docteur répondit:

«Vous me permettrez, monsieur Vidal, de ne pas croire à quelque tour de prestidigitation...

— Docteur, répliquai-je, je ne saurais imaginer quelle autre cause... à moins d'une intervention que je repousse pour ma part... une intervention surnaturelle...

— Naturelle, interrompit le capitaine Haralan, mais due à des procédés dont nous n'avons pas le secret...

— Cependant, insistai-je, en ce qui concerne la voix entendue hier, cette voix qui était bien une voix humaine, pourquoi ne serait-ce pas un effet de ventriloquie?...»

Le docteur Roderich secouait la tête en homme absolument réfractaire à cette explication.

«Je le répète, dis-je, il n'est pas impossible qu'un intrus ait pénétré dans le salon... avec l'intention de braver le sentiment national des Magyars... de blesser leur patriotisme avec ce *Chant de la haine*, venu d'Allemagne!...»

Après tout, cette explication était la seule plausible, du moment que l'on voulait se tenir dans la limite des faits purement humains. Mais, même en l'admettant, le docteur Roderich avait une réponse très simple à faire, et il la fit en ces termes:

«Si je vous accorde, monsieur Vidal, qu'un mystificateur, ou plutôt un insulteur, s'est introduit dans l'hôtel, et que nous ayons été dupes d'une scène de ventriloquie, – ce que je me refuse à croire – que direz-vous du bouquet déchiré, et de la couronne emportée par une main invisible?...»

En effet, attribuer ces deux incidents à quelque prestidigitateur, si habile qu'il fût, la raison s'y refusait. Aussi, le capitaine Haralan d'ajouter:

«Parlez, mon cher Vidal. Est-ce votre ventriloque qui a détruit ce bouquet fleur à fleur, qui a enlevé cette couronne, qui l'a promenée à travers les salons... qui l'a emportée... comme un voleur?»

Je ne répondis pas.

«Prétendriez-vous, par hasard, reprit-il en s'animant, que nous avons été victimes d'une illusion?»

Non, assurément! Le fait s'était passé devant cent personnes!

Après quelques instants d'un silence que je ne cherchai point à interrompre, le docteur conclut:

«Acceptons les choses comme elles sont, et n'essayons pas de nous abuser... Nous sommes en présence de faits qui semblent échapper à toute explication naturelle, et qui ne sont pas niables... Cependant, en restant dans le domaine du réel, voyons si quelqu'un... non pas un mauvais plaisant... un ennemi... aurait voulu... par vengeance... troubler cette soirée de fiançailles!»

C'était peut-être poser la question sur son véritable terrain.

«Un ennemi?... s'écria Marc, un ennemi de votre famille ou de la mienne, monsieur Roderich?... Je ne m'en connais pas!... Vous en connaissez-vous?...

— Oui, affirma le capitaine Haralan.

— Et qui donc?...

— Celui qui avant vous, Marc, avait demandé la main de ma sœur…

— Wilhelm Storitz?...

— Wilhelm Storitz!»

Voilà bien le nom que j'attendais... le nom de ce mystérieux et suspect personnage!

Marc fut alors mis au courant de ce qu'il ignorait encore. Le docteur dut lui raconter la nouvelle tentative qu'avait faite Wilhelm Storitz quelques jours avant... Il était venu renouveler sa demande, bien que le refus eût été définitif, bien que la main de Myra Roderich fût accordée à un autre, bien qu'il ne dût conserver aucun espoir! Mon frère connut la réponse si catégorique du docteur, puis les menaces proférées par son rival contre la famille Roderich, – menaces de nature à justifier dans une certaine mesure sa participation aux scènes de la veille.

«Et vous ne m'avez rien dit de tout cela! s'écria Marc. Et c'est aujourd'hui seulement... lorsque Myra est menacée, que vous venez m'avertir!... Eh bien, ce Wilhelm Storitz, je vais aller le trouver, et je saurai...

— Laissez-nous ce soin, Marc, dit le capitaine Haralan. C'est la maison de mon père qu'il a souillée de sa présence...

— C'est ma fiancée qu'il a insultée!» répondit Marc, qui ne se contenait plus.

Évidemment, la colère les égarait tous deux. Que Wilhelm Storitz veuille se venger de la famille Roderich et mettre ses menaces à exécution, soit! Mais qu'il fût intervenu dans les scènes de la veille, qu'il y eût joué personnellement un rôle, il serait impossible de l'établir. Ce n'est pas sur de simples présomptions que l'on pouvait l'accuser et lui dire: vous étiez là, hier soir, au milieu des invités. C'est vous qui nous avez insultés avec ce *Chant de la haine*... C'est vous qui avez déchiré le bouquet de fiançailles... C'est vous qui avez enlevé la couronne nuptiale! Personne ne l'avait vu, personne!... C'était bien sans cause apparente que s'étaient produits ces phénomènes!

Tout cela, je le répétai, j'insistai, pour que Marc et le capitaine Haralan tinssent compte de mes observations, dont le docteur Roderich reconnaissait la logique. Mais ils étaient trop montés pour m'entendre et voulaient à l'instant se rendre à la maison du boulevard Téléki.

Enfin, après longue discussion, on prit le seul parti raisonnable après que j'eus fait la proposition suivante:

«Mes amis, venez à la Maison de Ville... Mettons le chef de police, s'il ne l'est déjà, au courant de l'affaire... Apprenons-lui quelle est la situation de cet Allemand vis-à-vis de la famille Roderich, quelles menaces il a proférées contre Marc et sa fiancée... Faisons connaître les présomptions qui pèsent sur lui... Disons même qu'il prétend disposer de moyens qui peuvent défier toute puissance humaine!... pure vanterie de sa part, d'ailleurs!... Et alors, le chef de police verra s'il n'y a pas de mesures à prendre contre cet étranger!»

N'était-ce pas ce qu'il y avait à faire, et tout ce qu'il y avait à faire dans la circonstance? La police peut intervenir plus efficacement que ne le feraient des particuliers. Si le capitaine Haralan et Marc se fussent rendus à la maison Storitz, il est certain que sa porte ne se serait pas ouverte, puisqu'elle ne s'ouvrait pour personne. Auraient-ils donc tenté d'entrer par force?... De quel droit?... Mais la police le pouvait, et c'est à elle, à elle seule, qu'il convenait de s'adresser.

Ceci dit, il fut décidé que Marc retournerait à l'hôtel Roderich, tandis que le docteur, le capitaine Haralan et moi, nous irions à la Maison de Ville.

Il était dix heures et demie. Tout Ragz, ainsi que je l'ai dit, connaissait alors les incidents de la veille. En voyant le docteur et son fils se diriger vers la Maison de Ville, on devinait le motif qui les y conduisait.

Lorsque nous fûmes arrivés, le docteur envoya sa carte au chef de police, qui donna l'ordre de nous introduire immédiatement dans son cabinet.

M. Henrich Stepark était un homme de petite taille, de physionomie énergique, au regard interrogateur, d'une finesse et d'une intelligence remarquables, d'un esprit très pratique, d'un flair très sûr, possédant ce qu'on appelle maintenant «un doigté supérieur». En mainte occasion, il avait montré un grand zèle joint à une grande habileté. Tout ce qu'il serait possible de faire pour éclairer cette obscure histoire de l'hôtel Roderich, on pouvait être assuré qu'il le ferait. Mais, était-il en son pouvoir d'intervenir utilement dans ces circonstances si particulières, et de franchir les limites de l'invraisemblable?...

Le chef de police était déjà instruit des détails de cette affaire, sauf de ce qui n'était connu que du docteur, du capitaine Haralan et de moi.

Aussi, son premier soin fut-il de dire:

«Je m'attendais à votre visite, monsieur Roderich, et, si vous n'étiez pas venu à mon cabinet, c'est moi qui serais allé vous voir. J'ai su, cette nuit même, que d'étranges choses s'étaient passées dans votre hôtel, et à quel propos vos invités ont éprouvé une épouvante assez naturelle, en somme. J'ajoute que cette épouvante a gagné par la ville, et Ragz ne me paraît pas être près de se calmer.»

Nous comprîmes à cette entrée en matière, que le plus simple serait d'attendre les questions que M. Stepark allait nous poser, relatives à la famille Roderich.

«Je vous demanderai d'abord, monsieur le docteur, si vous avez encouru la haine de quelqu'un, si vous pensez que, par suite de cette haine, une vengeance ait pu être exercée contre votre famille, et précisément à propos du mariage de Mlle Myra Roderich et de M. Marc Vidal?

— Je le crois, répondit le docteur.

— Et quelle serait cette personne?...

— Le Prussien Wilhelm Storitz!»

Ce fut le capitaine Haralan qui prononça ce nom, sans exciter, me sembla-t-il, la moindre surprise chez le chef de police.

Puis, il laissa la parole à son père. M. Stepark savait que Wilhelm Storitz avait recherché la main de Myra Roderich. Mais il ignorait qu'il eût renouvelé sa demande, et, après un nouveau refus, qu'il eût menacé d'empêcher le mariage par des moyens qui défiaient toute puissance humaine!...

«Et il a commencé, dit alors M. Stepark, en lacérant l'affiche de mariage, sans qu'on ait pu l'apercevoir!»

Nous fûmes tous de cet avis, mais le phénomène n'en demeurait pas moins inexpliqué, à moins qu'une main d'ombre... eût dit Victor Hugo! Dans l'imagination d'un poète, soit! non dans le domaine de la réalité, et c'est dans ce domaine que se meut la police. C'est au collet de gens en chair et en os qu'elle met sa main brutale! Elle n'a point l'habitude d'arrêter des spectres ou des fantômes!... L'arracheur de l'affiche, le destructeur du bouquet, le voleur de la couronne, était un être humain, parfaitement saisissable, et il fallait le saisir.

D'ailleurs, M. Stepark reconnut ce qu'il y avait de bien-fondé dans nos soupçons et dans les présomptions qui s'élevaient contre Wilhelm Storitz.

«Cet individu dit-il, m'a toujours paru suspect, bien que je n'aie jamais reçu de plaintes à son sujet. Son existence est cachée... On ne sait trop comment il vit ni de quoi il vit!... Pourquoi a-t-il quitté sa ville natale de Spremberg?... Pourquoi, lui, un Prussien de la Prusse méridionale, est-il venu s'établir en ce pays magyar, peu sympathique à ses compatriotes?... Pourquoi s'est-il renfermé dans cette maison du boulevard Téléki, avec ce vieux serviteur, une maison où personne ne pénètre jamais?... Je le répète, tout cela est suspect... très suspect...

— Et que comptez-vous faire, monsieur Stepark? demanda le capitaine Haralan.

— Ce qui est tout indiqué, répondit le chef de police, opérer une descente dans cette maison où nous trouverons peut-être quelque document... quelque indice...

— Mais, pour cette descente, fit observer le docteur Roderich, ne vous faut-il pas une autorisation du gouverneur?...

— Il s'agit d'un étranger... d'un étranger qui a menacé votre famille, et Son Excellence accordera cette autorisation, n'en doutez pas!

— Le gouverneur était hier à la soirée des fiançailles, dis-je au chef de police.

— Je le sais, monsieur Vidal, et il m'a déjà fait appeler au sujet des faits dont il a été témoin.

— Se les expliquait-il? demanda le docteur.

— Non!... il ne leur trouvait aucune explication.

— Mais, dis-je, lorsqu'il saura que Wilhelm Storitz est mêlé à cette affaire...

— Il n'en sera que plus désireux de l'éclaircir, répondit monsieur Stepark. Veuillez m'attendre, messieurs. Je vais aller à la résidence, et, avant une demi-heure, j'aurai rapporté l'autorisation de perquisitionner dans la maison du boulevard Téléki...

— Où nous vous accompagnerons, dit le capitaine Haralan.

— Si cela vous plaît, capitaine... et vous aussi, monsieur Vidal, ajouta le chef de police.

— Moi, dit le docteur Roderich, je vous laisserai aller avec M. Stepark et ses agents. J'ai hâte de retourner à l'hôtel, où vous reviendrez après la perquisition terminée...

— Et après arrestation faite, s'il y a lieu», déclara M. Stepark, qui me parut très décidé à mener militairement cette affaire, et partit pour la résidence.

Le docteur sortit en même temps que lui, se rendant à l'hôtel, où il attendrait notre retour.

Le capitaine Haralan et moi, nous restâmes dans le cabinet du chef de police. Peu de propos furent échangés. Nous allions donc franchir la porte de cette maison suspecte!... Son propriétaire s'y trouverait-il en ce moment?... Et je me demandais si le capitaine Haralan pourrait se contenir lorsqu'il serait en sa présence.

M. Stepark reparut, après une demi-heure d'absence. Il rapportait l'autorisation de perquisitionner et avait mandat de prendre toutes mesures qui seraient nécessaires vis-à-vis d'un étranger.

«Maintenant, messieurs, nous dit-il, veuillez sortir avant moi... J'irai d'un côté, mes agents de l'autre, et, dans vingt minutes, nous serons à la maison Storitz. Est-ce convenu?...

— C'est convenu», répondit le capitaine Haralan.

Et tous deux, en quittant la Maison de Ville, nous descendîmes vers le quai Bathiany.

IX

L a direction prise par M. Stepark le ramenait vers le nord de
la ville, tandis que ses agents, deux à deux, traversaient les
quartiers du centre. Le capitaine Haralan et moi, après avoir
atteint l'extrémité de la rue Étienne II, nous suivîmes le quai le
long du Danube.

Il faisait un temps couvert. Les nuages grisâtres et bour-
souflés chassaient rapidement de l'est à travers la vallée du
fleuve. Sous la fraîche brise, les embarcations donnaient une forte
bande, en sillonnant les eaux jaunâtres. Des couples de cigognes
et de grues, faisant tête au vent, jetaient des cris aigus. Il ne
pleuvait pas, mais les hautes vapeurs menaçaient de se résoudre
en averses torrentielles.

Excepté dans le quartier commerçant, rempli à cette heure de
la foule des citadins et des paysans, les passants étaient rares.
Cependant, si le chef de police et ses agents nous eussent accompagnés, cela aurait pu attirer l'attention, et mieux valait s'être
séparés en quittant la Maison de Ville.

Le capitaine Haralan continuait à garder le silence. Je craignais
toujours qu'il ne fût pas maître de lui, et se livrât à quelque acte de
violence, s'il rencontrait Wilhelm Storitz. Aussi regrettais-je
presque que M. Stepark nous eût permis de l'accompagner.

Un quart d'heure après, nous étions au bout du quai Bathiany,
à l'angle occupé par l'hôtel Roderich.

Aucune des fenêtres du rez-de-chaussée n'était encore ouverte ni celles des chambres de Mme Roderich et de sa fille. Quel contraste avec l'animation de la veille!

Le capitaine Haralan s'arrêta, et ses regards s'attachèrent un instant à ces persiennes closes.

Un soupir s'échappa de sa poitrine, un geste menaçant lui succéda, mais il ne prononça pas une parole.

Le coin tourné, nous remontâmes le boulevard Téléki par le trottoir de droite, et nous fîmes halte à cent pas de la maison Storitz.

Un homme se promenait en face, les mains dans les poches, en indifférent.

C'était le chef de police. Le capitaine Haralan et moi, nous le rejoignîmes, comme il était convenu.

À quelques instants de là, apparurent six agents en bourgeois, qui, sur un signe de M. Stepark, vinrent se ranger le long de la grille.

Avec eux se trouvait un serrurier, réquisitionné pour le cas où la porte ne s'ouvrirait pas, soit par refus, soit par absence du maître ou de son serviteur.

Les fenêtres étaient fermées comme à l'habitude. Les rideaux du belvédère, tirés intérieurement, masquaient les vitres.

«Il n'y a personne, sans doute, dis-je à M. Stepark.

— Nous allons le savoir, me répondit-il. Mais je serais étonné que la maison fût vide... Voyez cette fumée qui s'échappe de la cheminée, à gauche!...»

En effet, une petite vapeur fuligineuse s'échevelait à la pointe de cette cheminée.

«Si le maître n'y est pas, ajouta M. Stepark, il est probable que le domestique s'y trouve, et, pour nous ouvrir, peu importe que ce soit l'un ou l'autre.»

À part moi, étant donné la présence du capitaine Haralan, j'eusse préféré que le maître n'y fût pas et même qu'il eût quitté Ragz.

Le chef de police tira le fil de la sonnette, accrochée au montant de la grille.

Nous attendions que quelqu'un parût, ou que le tirage s'effectuât de l'intérieur.

Une minute s'écoula. Personne. Second coup de sonnette... Personne.

«On a l'oreille dure dans cette maison!» dit M. Stepark. Puis, se retournant vers le serrurier:

«Faites», dit-il.

Cet homme choisit dans son trousseau un passe-partout, et, le pêne étant seulement engagé dans la gâche, la porte céda sans difficulté.

Le chef de police, le capitaine Haralan, moi, puis quatre des agents, les deux autres restant à l'extérieur, nous entrâmes dans la cour.

Au fond, un perron de trois marches montait à la porte d'entrée de l'habitation, fermée comme celle de la grille.

M. Stepark frappa de deux coups de sa canne.

Il ne fut pas répondu. Aucun bruit ne se faisait entendre à l'intérieur de la maison.

Le serrurier gravit les degrés du perron, et introduisit une de ses clefs dans la serrure. Il était possible que celle-ci fût fermée à plusieurs tours, et même que les verrous eussent été poussés en dedans si Wilhelm Storitz, ayant aperçu les agents, voulait les empêcher d'entrer.

Il n'en fut rien, la serrure joua, et la porte s'ouvrit.

Du reste, cette descente de police n'avait point attiré l'attention. À peine si deux ou trois passants s'arrêtèrent. On se promenait peu par ce matin embrumé sur le boulevard Téléki.

«Entrons!», dit M. Stepark.

Le corridor était éclairé à la fois par l'imposte grillagé qui s'évidait au-dessus de la porte, et, au fond, par le vitrage d'une seconde porte donnant accès dans le petit jardin, en arrière.

Le chef de police fit quelques pas dans ce corridor, et cria d'une voix forte:

«Eh!... quelqu'un!»

Pas de réponse, même quand ces mots eurent été jetés une seconde fois. Aucun bruit à l'intérieur de cette maison, – si ce n'est peut-être celui qu'eût produit une sorte de glissement dans une des chambres latérales.

M. Stepark s'avança jusqu'au fond du corridor. Je marchais derrière lui, et le capitaine Haralan me suivait.

Un des agents était resté de garde sur le perron de la cour.

La porte ouverte, on put d'un coup d'œil parcourir tout le jardin. Il était enclos de murs sur une superficie d'environ deux cents mètres. Une pelouse qui n'avait pas été fauchée depuis longtemps, et dont les longues herbes traînaient, à demi flétries, en occupait le centre. Le long des murs très élevés, montaient cinq ou six arbres, dont les têtes devaient dominer l'épaulement des anciennes fortifications.

Tout dénotait l'incurie ou l'abandon.

Le jardin fut visité, et les agents n'y découvrirent personne, bien que les allées fussent encore marquées de pas récents.

Les fenêtres, de ce côté, étaient closes de contrevents, sauf la dernière du premier étage, par laquelle s'éclairait l'escalier.

«Ces gens-là ne devaient pas tarder à rentrer, fit observer le chef de police, puisque la porte n'était fermée que par un simple tour de clef... à moins qu'ils n'aient eu l'éveil...

— Vous pensez qu'ils ont pu savoir?... répondis-je. Non, je m'attends plutôt à ce qu'ils reviennent d'un instant à l'autre!»

Mais, M. Stepark secouait la tête d'un air de doute.

«D'ailleurs, ajoutai-je, cette fumée qui s'échappait de l'une des cheminées prouve...

— Prouve qu'il y a du feu quelque part... Cherchons le feu», répondit le chef de police.

Après avoir constaté que le jardin comme la cour étaient déserts, et qu'il n'eût pas été possible de s'y cacher, M. Stepark nous pria de rentrer dans la maison, et la porte du corridor fut refermée derrière nous.

Ce corridor desservait quatre chambres. Du côté du jardin, l'une de ces chambres servait de cuisine, l'autre n'était à vrai dire que la cage de l'escalier qui montait au premier étage, puis au grenier.

Ce fut par la cuisine que la perquisition débuta. Un des agents alla ouvrir la fenêtre et en repoussa les contrevents, percés d'une étroite ouverture en losange, qui ne laissait pas pénétrer assez de jour.

Rien de plus simple, de plus rudimentaire que le mobilier de cette cuisine, – un fourneau de fonte, dont le tuyau se perdait sous l'auvent d'une vaste cheminée, de chaque côté une armoire, au milieu une table recouverte d'une toile cirée, deux chaises paillées et deux escabeaux de bois, divers ustensiles accrochés aux murs, dans un angle une horloge, au tic-tac régulier, et dont les poids indiquaient qu'elle avait été remontée de la veille.

Sur le fourneau brûlaient encore quelques morceaux de houille, qui produisaient la fumée vue du dehors.

«Voici la cuisine, dis-je, mais le cuisiner?...

— Et son maître, ajouta le capitaine Haralan.

— Continuons nos recherches», répondit M. Stepark.

Les deux autres chambres du rez-de-chaussée, éclairées sur la cour, furent visitées successivement. L'une, le salon, était garnie de meubles d'un travail ancien, en vieilles tapisseries d'origine allemande, très usées par places. Sur la tablette de la cheminée, à gros chenêts de fer, reposait une pendule rocaille, d'assez mauvais goût, ses aiguilles arrêtées, et la poussière étalée sur le cadran indiquait une grande négligence. À l'un des panneaux, en face de la fenêtre, était appendu un portrait dans son cadre ovale, avec ce nom sur cartouche en lettres rouges, Otto Storitz.

Nous regardions cette peinture vigoureuse de dessin, rude de couleurs, signée d'un nom inconnu, une véritable œuvre d'art.

Le capitaine Haralan ne pouvait détacher ses yeux de cette toile.

Pour mon compte, la figure d'Otto Storitz me causait une impression profonde. Est-ce la disposition de mon esprit qui m'y poussait?... Est-ce que je subissais, à mon insu, l'influence du milieu? Mais ici, dans ce salon abandonné, le savant m'apparaissait comme un être fantastique, un personnage d'Hoffmann, le Daniel[1] de *La Porte murée*, le Denner du *Roi Trabacchio*, l'homme au sable de *Maître Coppelius*[2]! Avec cette tête puissante, cette chevelure blanche en broussaille, ce front démesuré, ces yeux d'une ardeur de braise, cette bouche aux lèvres frémissantes, il me semblait que le portrait était vivant, qu'il allait s'élancer hors de son cadre, et s'écrier d'une voix venue de l'autre monde:

---

1. Ce nom est laissé en blanc dans le manuscrit.
2. Pour les œuvres d'Hoffmann, voir la note 1 du premier chapitre du roman.

«Que faites-vous ici, intrus!... Sortez!»

La fenêtre du salon, fermée de persiennes, laissait passer le jour. Il n'avait pas été nécessaire de l'ouvrir, et, pour ne pas être en pleine lumière, peut-être ce portrait gagnait-il en étrangeté et nous impressionnait-il davantage?

Ce dont le chef de police parut plutôt frappé, ce fut la ressemblance qui existait entre Otto et Wilhelm Storitz.

«À la différence d'âge près, me fit-il observer, ce portrait pourrait être aussi bien celui du père que celui du fils, – les mêmes yeux, le même front, la même tête placée sur de larges épaules, et cette physionomie diabolique!... On serait tenté de les exorciser l'un comme l'autre...

— Oui, répliquai-je, cette ressemblance est surprenante!...»

Le capitaine Haralan semblait cloué devant cette toile, comme si l'original eût été devant lui.

«Venez-vous, capitaine?» lui dis-je.

Il se retourna et nous suivit.

Nous passâmes de ce salon dans la chambre voisine, en traversant le corridor. C'était le cabinet de travail, très en désordre. Des rayons de bois blanc, encombrés de volumes, non reliés pour la plupart, des ouvrages de mathématiques, de chimie et de physique principalement. Dans un coin, plusieurs instruments, des appareils, des machines, des bocaux, un fourneau portatif, une batterie de piles, une bobine Rhumkorf, un de ces foyers électriques d'après le système Moissan qui produit des températures de 4 à 5.000 degrés, quelques cornues et alambics, divers échantillons de ces métaux ou métalloïdes qui sont compris sous la dénomination de «terres rares», un petit gazomètre à l'acétylène, pour l'alimentation des lampes accrochées çà et là. Au milieu de la pièce, une table surchargée de papiers, avec ustensiles de bureau, et trois ou quatre volumes des œuvres complètes d'Otto Storitz, ouverts au chapitre des rayons Roentgen.

La perquisition qui fut faite dans ce cabinet ne donna aucun résultat de nature à nous édifier. Nous allions donc sortir du cabinet, lorsque M. Stepark aperçut sur la cheminée une fiole de forme bizarre, en verre bleuté. Elle portait une étiquette collée sur son flanc, et le bouchon qui la fermait était traversé d'un tube tamponné avec un morceau d'ouate.

Fut-ce pour obéir à un simple sentiment de curiosité, ou à ses instincts de policier, M. Stepark avançait la main pour prendre cette fiole afin de l'examiner de plus près. Mais fit-il un faux mouvement, c'est possible, car la fiole, qui était posée sur le bord de la tablette, tomba au moment où il allait la prendre et se brisa sur le carreau.

Aussitôt coula une liqueur très fluide de couleur jaunâtre. Extrêmement volatile, elle s'évapora en une vapeur d'une odeur singulière que je n'aurais pu comparer à aucune autre, mais faible en somme, car notre odorat n'en fut que peu affecté.

«Ma foi, dit M. Stepark, elle est tombée à propos, cette fiole...

— Elle renfermait sans doute quelque composition inventée par Otto Storitz... dis-je.

— Son fils doit en avoir la formule, et il saura bien en refaire!» répondit M. Stepark.

Puis, se dirigeant vers la porte:

«Au premier étage», dit-il.

Et avant de quitter le rez-de-chaussée, il recommanda à deux de ses agents de rester dans le corridor.

Au fond, de l'autre côté de la cuisine, se trouvait la cage d'un escalier à rampe de bois, dont les marches craquaient sous le pied.

Sur le palier s'ouvraient deux chambres contiguës, dont les portes n'étaient point fermées à clef, et il suffit d'en tourner le bouton de cuivre pour s'y introduire.

La première, au-dessus du salon, devait être la chambre à coucher de Wilhelm Storitz. Elle ne contenait qu'un lit de fer, une table de nuit, une armoire à linge en chêne, une toilette montée sur pieds de cuivre, un canapé, un fauteuil de gros velours d'Utrecht, et deux chaises. Pas de rideaux au lit, pas de rideaux aux fenêtres, – un mobilier, on le voit, réduit au strict nécessaire. Aucun papier, ni sur la cheminée ni sur une petite table ronde placée dans un angle. La couverture était encore défaite à cette heure matinale, mais que le lit eût été occupé pendant la nuit, nous ne pouvions que le supposer.

Toutefois, en s'approchant de la toilette, M. Stepark observa que la cuvette contenait de l'eau avec quelques bulles savonneuses à sa surface.

«À supposer, dit-il, que vingt-quatre heures se fussent écoulées depuis que l'on s'est servi de cette eau, les bulles seraient déjà dissoutes... D'où je conclus que notre homme a fait sa toilette ici même, ce matin, avant de sortir.

— Aussi est-il possible, répétai-je, qu'il rentre... à moins qu'il n'aperçoive vos agents...

— S'il voit mes agents, mes agents le verront, et ils ont ordre de me l'amener. Mais je ne compte guère qu'il se laisse prendre!...»

En ce moment, un certain bruit se fit, comme le craquement d'un parquet mal assujetti sur lequel on marche. Ce bruit semblait venir de la pièce à côté, au-dessus du cabinet de travail.

Il existait une porte de communication entre la chambre à coucher et cette pièce, ce qui évitait de revenir au palier pour passer de l'une à l'autre.

Avant le chef de police, le capitaine Haralan s'élança d'un bond vers cette porte, l'ouvrit brusquement...

Personne, personne!

Il était possible, après tout, que ce bruit fût venu de l'étage supérieur, c'est-à-dire du grenier par lequel on accédait au belvédère.

Cette seconde chambre était encore plus sommairement meublée que la première, – un cadre tendu d'une sangle de forte toile, un matelas très aplati par l'usage, de gros draps rugueux, une couverture de laine, deux chaises dépareillées, un pot à eau et une cuvette de grès sur la cheminée dont l'âtre ne renfermait pas la moindre parcelle de cendres, quelques vêtements d'étoffe épaisse, accrochés aux patères d'un porte-manteau, un bahut, ou plutôt un coffre de chêne qui servait à la fois d'armoire et de commode, et dans lequel M. Stepark trouva du linge en assez grande quantité.

Cette chambre était évidemment celle du vieux serviteur Hermann. Le chef de police savait, d'ailleurs, par les rapports de ses agents, qui si la fenêtre de la première chambre à coucher s'ouvrait quelquefois pour l'aération, celle de cette seconde chambre, donnant aussi sur la cour, demeurait invariablement fermée. Au surplus, cela put être constaté en examinant l'espagnolette d'un jeu très difficile, et les ferrures des persiennes, mangées de rouille.

En tout cas, ladite chambre était vide, et pour peu qu'il en fût ainsi du grenier, du belvédère et de la cave située sous la cuisine, c'est que, décidément, le maître et le serviteur avaient quitté la maison et peut-être avec l'intention de n'y plus rentrer.

«Vous n'admettez pas, demandai-je à M. Stepark, que Wilhelm Storitz ait pu être informé de cette perquisition...

— Non... à moins qu'il n'ait été caché dans mon cabinet, monsieur Vidal, ou dans celui de Son Excellence, lorsque nous causions de cette affaire!

— Quand nous sommes arrivés sur le boulevard Téléki, il est possible qu'ils nous aient aperçus...

— Soit... mais comment seraient-ils sortis?...

— En gagnant la campagne... par-derrière...

— Les murs du jardin sont trop élevés et, de l'autre côté, c'est le fossé des fortifications qu'on ne peut franchir...»

L'opinion du chef de police était donc bien que Wilhelm Storitz et Hermann étaient déjà hors de la maison avant notre arrivée.

Nous sortîmes de cette chambre par la porte du palier, et, en une minute, le second étage fut atteint au tournant de la dernière marche.

Cet étage ne comprenait que le grenier qui s'étendait d'un pignon à l'autre, éclairé par d'étroits vasistas ménagés dans la toiture, et d'un coup d'œil on constata que personne ne s'y était réfugié.

Au centre, une échelle assez raide conduisait au belvédère qui dominait les combles, et à l'intérieur duquel on s'introduisait par une trappe qui basculait au moyen d'un contre-poids.

«Cette trappe est ouverte, fis-je observer à M. Stepark, qui avait déjà mis un pied sur l'échelle.

— En effet, monsieur Vidal, et il vient par là un courant d'air... D'où ce bruit que nous avons entendu... La brise est forte aujourd'hui!... La girouette crie à la pointe du toit!...

— Cependant, répondis-je, il semblait que c'était plutôt un craquement de pas...

— Et qui donc aurait marché, puisqu'il n'y a personne...

— À moins que là-haut... monsieur Stepark?...

— Dans cette niche aérienne?... non, pas plus que dans le reste de la maison!»

Le capitaine Haralan écoutait les propos échangés entre le chef de police et moi. Il se contenta de dire en indiquant le belvédère...

«Montons!»

M. Stepark gravit le premier les échelons, en s'aidant d'une grosse corde qui pendait jusqu'au plancher.

Le capitaine Haralan d'abord, moi ensuite, nous grimpions après lui. Il était probable que trois personnes suffiraient à remplir cet étroit lanterneau.

En effet, ce n'était qu'une sorte de cage carrée de huit pieds sur huit, et haute d'une dizaine.

Il y faisait assez sombre, bien qu'un vitrage fût établi entre ses montants, solidement encastrés dans les poutres du faîtage.

Cette obscurité tenait à ce que d'épais rideaux de laine étaient rabattus, ainsi que nous l'avions remarqué du dehors. Mais, dès qu'ils furent relevés, la lumière pénétra largement à travers le vitrage.

Par les quatre faces du belvédère, le regard pouvait parcourir tout l'horizon de Ragz. Rien ne gênait la vue, plus étendue qu'à la terrasse de l'hôtel Roderich, moins toutefois qu'à la tour de Saint-Michel et au donjon du château.

Je revis de là le Danube à l'extrémité du boulevard, la cité se développant vers le sud, dominé par le beffroi de la Maison de Ville, par la flèche de la cathédrale, par le donjon de la colline de Wolfang, et, autour, les vertes prairies de la Puszta, bordée de ses lointaines montagnes.

J'ai hâte de dire qu'il en fut du belvédère comme du reste de la maison – personne! Il faudrait bien que M. Stepark en prit son parti; cette descente de police ne donnerait aucun résultat, et on ne saurait rien encore des mystères de la maison Storitz.

J'avais pensé que ce belvédère servait peut-être à des observations astronomiques, et qu'il renfermait des appareils pour l'étude du ciel. Erreur. Pour tout meuble, une table et un fauteuil en bois.

Sur la table, se trouvaient quelques papiers, et, entre autres, un numéro de ce *Wienner Extrablatt*, où j'avais lu l'article relatif à l'anniversaire d'Otto Storitz.

Sans doute, c'était ici que le fils venait prendre des heures de repos, au sortir de son cabinet de travail, ou plus exactement de son laboratoire. Dans tous les cas, il y avait lu cet article, qui était marqué, de sa main évidemment, par une croix au crayon rouge.

Soudain une violente exclamation se fit entendre, une exclamation de surprise et de fureur.

Le capitaine Haralan avait aperçu sur une tablette, fixée à l'un des montants, une boîte en carton qu'il venait d'ouvrir.... Et qu'avait-il retiré de cette boîte?...

La couronne nuptiale, enlevée pendant la soirée des fian-çailles à l'hôtel Roderich!

X

Ainsi, plus de doute sur l'intervention de Wilhelm Storitz! Nous étions en possession d'une preuve matérielle, et non pas réduits à de simples présomptions. Tout au moins, que lui ou un autre fût le coupable, c'était à son profit qu'avait été accompli ce phénomène, dont l'explication nous échappait, d'ailleurs!...

«Doutez-vous toujours, mon cher Vidal?» s'écria le capitaine Haralan, dont la voix tremblait de colère.

M. Stepark se taisait, comprenant bien que dans cette étrange affaire, il y avait encore une grande part d'inconnu. En effet, si la culpabilité de Wilhelm Storitz éclatait aux yeux, on ignorait par quels moyens il avait pu agir, et, à poursuivre l'enquête, parviendrait-on jamais à le savoir?...

Pour moi, à qui le capitaine Haralan s'adressait d'une manière plus directe, je ne répondis pas, et qu'aurais-je pu répondre?...

«Et n'est-ce pas ce misérable, continua-t-il, qui est venu nous insulter, en nous jetant à la face ce *Chant de la haine*, comme un outrage au patriotisme magyar?... Vous ne l'avez pas vu, mais vous l'avez entendu!... Il était là, vous dis-je, s'il échappait à nos regards!... Il était au milieu de ce salon!... Et cette couronne, souillée par sa main, je ne veux pas qu'il en reste une feuille!...»

M. Stepark l'arrêta, au moment où il allait la déchirer.

«N'oubliez pas que c'est une pièce à conviction, dit-il, et qui peut servir si, comme je le pense, cette affaire a des suites!»

Le capitaine Haralan lui remit la couronne, et nous reprîmes l'escalier, après avoir une dernière fois visité, et inutilement, toutes les chambres de la maison.

Les portes du perron et de la grille furent fermées à clef, et la maison resta en l'état d'abandon où nous l'avions trouvée. Toutefois, sur l'ordre de M. Stepark, deux agents demeurèrent en surveillance aux environs.

Après avoir pris congé de M. Stepark, qui nous demanda de garder le secret sur cette perquisition, le capitaine Haralan et moi, nous revînmes à l'hôtel Roderich, en suivant le boulevard.

Mon compagnon, cette fois, ne pouvait se contenir, et sa colère débordait en phrases et en gestes d'une extrême violence. J'eusse vainement essayé de le calmer. J'espérais, d'ailleurs, que Wilhelm Storitz avait quitté ou quitterait la ville, lorsqu'il saurait que sa demeure avait été perquisitionnée, et que cette couronne qu'il avait volée – ou fait voler, car ce doute persistait chez moi – était entre les mains de la police.

Je me bornai donc à dire:

«Mon cher Haralan, je comprends votre colère... je comprends que vous ne vouliez pas laisser impunies ces insultes!... Mais n'oubliez pas que M. Stepark nous a demandé le secret au sujet de la couronne retrouvée dans la maison Storitz...

— Et mon père... et votre frère... ne vont-ils pas s'informer du résultat de la perquisition?...

— Sans doute, et nous répondrons que nous n'avons pu rencontrer Wilhelm Storitz... qu'il ne doit plus être à Ragz... ce qui me paraît probable d'ailleurs!

— Vous ne direz pas que la couronne a été retrouvée chez lui?...

— Si... ils doivent le savoir, mais inutile d'en parler à Mme Roderich et à sa fille... À quoi bon aggraver leurs inquiétudes en prononçant devant elles le nom de ce Wilhelm Storitz?... Et, même, en ce qui concerne cette couronne, je dirais qu'elle a été retrouvée dans le jardin de l'hôtel, et je la rendrais à votre sœur!...

— Quoi!... s'écria le capitaine Haralan, après que cet homme!...

— Oui... je suis sûr que Mlle Myra serait bien heureuse de la ravoir!...»

Malgré sa répugnance, le capitaine Haralan comprit mes raisons, et il fut convenu que j'irais chercher la couronne chez M. Stepark, qui ne refuserait pas de me la rendre.

Cependant, il me tardait d'avoir revu mon frère, de l'avoir mis au courant, et il me tardait plus encore que son mariage fût accompli.

Dès notre arrivée à l'hôtel, le domestique nous introduisit dans le cabinet, où le docteur nous attendait avec Marc. Leur impatience était au comble, et nous fûmes interrogés avant même d'avoir franchi la porte.

Quelles furent leur surprise, leur indignation, au récit de ce qui venait de se passer dans la maison du boulevard Téléki! Mon frère ne parvenait pas à se maîtriser! Comme le capitaine Haralan, il voulait châtier Wilhelm Storitz, avant que la justice fût intervenue.

«S'il n'est pas à Ragz, s'écria-t-il, il est à Spremberg!»

J'eus grand-peine à le modérer, et il fallut que le docteur joignit ses instances aux miennes.

J'appuyai sur ce point que Wilhelm Storitz eût déjà quitté la ville, ou qu'il dût se hâter de la quitter, dès qu'il apprendrait la perquisition faite à son domicile, cela ne pouvait être l'objet d'un doute. D'ailleurs, rien ne prouvait qu'il se fût réfugié à Spremberg, et on ne le retrouverait ni là ni ailleurs.

«Mon cher Marc, dit le docteur, écoutez les conseils de votre frère, et laissons s'éteindre cette affaire si pénible pour notre famille. Le silence sur tout ceci, et on aura bientôt oublié...»

Mon frère, la tête entre ses mains, le cœur gonflé, faisait peine à voir. Je sentais tout ce qu'il devait souffrir! Et que n'aurais-je donné pour être plus vieux de quelques jours, pour que Myra Roderich fût enfin Myra Vidal!

Puis le docteur ajouta qu'il verrait le gouverneur de Ragz. Wilhelm Storitz était étranger, et Son Excellence n'hésiterait pas à prendre un arrêté d'expulsion contre lui. L'urgent, c'était d'empêcher que les faits dont l'hôtel Roderich avait été le théâtre pussent se renouveler, dût-on renoncer à en donner une explication satisfaisante. Quant à croire que Wilhelm Storitz disposât, comme il s'en était vanté, d'un pouvoir surhumain, personne ne l'eût pu admettre.

En ce qui concernait Mme Roderich et sa fille, je fis valoir les raisons qui commandaient un silence absolu. Elles ne devaient ni savoir que la police avait agi ni que l'intervention de Wilhelm Storitz ne pût plus être mise en doute.

Quant à la couronne, ma proposition fut acceptée. Marc l'aurait, par hasard, retrouvée dans le jardin de l'hôtel. Tout cela provenait d'un mauvais plaisant, que l'on finirait par découvrir et punir comme il le méritait.

Le jour même, je retournai à la Maison de Ville, où je fis connaître à M. Stepark ce qui avait été décidé relativement à la couronne. Il s'empressa de me la remettre, et je la rapportai à l'hôtel.

Le soir, nous étions réunis dans le salon, avec Mme Roderich et sa fille, lorsque Marc, après s'être absenté un instant, rentra en disant:

«Myra... ma chère Myra... voyez ce que je vous rapporte!...

— Ma couronne... ma couronne!... s'écria Myra, en s'élançant vers mon frère.

— Cette couronne... Marc? demanda Mme Roderich d'une voix tremblante d'émotion.

— Oui... reprit Marc... là... dans le jardin... je l'ai trouvée derrière un massif... où elle était tombée...

— Mais... comment... comment?... répétait Mme Roderich.

— Comment?... répondit le docteur... Un intrus qui s'était introduit parmi nos invités... Enfin... la voici...

— Merci... merci, mon cher Marc», dit Myra, tandis qu'une larme coulait de ses yeux.

Les journées qui suivirent n'amenèrent aucun nouvel incident. La ville reprenait sa tranquillité habituelle. Rien n'avait transpiré de la perquisition opérée dans la maison du boulevard Téléki, et personne ne prononçait encore le nom de Wilhelm Storitz. Il n'y avait plus qu'à attendre patiemment, – plutôt impatiemment, – le jour où serait célébré le mariage de Marc et de Myra Roderich.

Je consacrai tout le temps que me laissait mon frère à différentes promenades aux environs de Ragz. Quelquefois, le capitaine Haralan m'accompagnait. Il était rare alors que nous ne prissions pas le boulevard Téléki pour sortir de la ville. Visiblement, la maison suspecte nous attirait. D'ailleurs, cela nous permettait de voir si elle était toujours déserte... Oui!... et si elle était toujours gardée... Oui... jour et nuit, par deux agents, et si Wilhelm Storitz avait paru, la police aurait été immédiatement avertie de son retour, et l'eût mis en état d'arrestation.

Du reste, nous eûmes une preuve de son absence et la certitude qu'on ne pourrait, actuellement du moins, le rencontrer dans les rues de Ragz.

En effet, dans son numéro du 9 mai, le *Pester Loyd* consacra un article à la cérémonie d'anniversaire d'Otto Storitz, qui venait d'avoir lieu à Spremberg quelques jours avant. Je m'empressai de communiquer cet article à Marc et au capitaine Haralan.

La cérémonie avait attiré un nombre considérable de spectateurs, non seulement la population de Spremberg, mais aussi des milliers de curieux venus des villes voisines et même de Berlin. Le cimetière n'avait pu contenir une telle foule, et les alentours étaient couverts de monde. De là, accidents multiples, quelques personnes étouffées, lesquelles trouvèrent, le lendemain, dans le cimetière, une place qu'elles n'avaient pu y trouver ce jour-là.

On ne l'a pas oublié, Otto Storitz avait vécu et était mort en pleine légende. Tous ces superstitieux s'attendaient à quelques prodiges posthumes. Des phénomènes fantastiques devaient s'accomplir à cet anniversaire. À tout le moins, le savant Prussien sortirait de sa tombe, et il ne serait pas surprenant qu'à ce moment l'ordre universel fût singulièrement dérangé... La Terre, modifiant son mouvement sur son axe, se mettrait à tourner de l'est à l'ouest, rotation anormale, dont les conséquences amèneraient un bouleversement universel du système solaire!...

Ainsi s'exprimait le chroniqueur du journal, et, en somme, les choses s'étaient passées de la manière la plus régulière... la pierre tombale ne s'était point soulevée... le mort n'avait point quitté sa demeure sépulcrale... et la Terre avait continué de se mouvoir suivant les immutables[1] règles établies depuis le commencement du monde!...

---

1. «Immutables»: qui ne peuvent changer; mot rare déjà employé par Jules Verne dans *Autour de la Lune* et *Le Pays des fourrures*.

Mais, ce qui nous touchait davantage, c'est que, d'après le récit du journal, le fils d'Otto Storitz assistait en personne à cette cérémonie, et nous avions une preuve de plus qu'il avait abandonné Ragz... J'espérais, quant à moi, que c'était avec la formelle intention de n'y plus jamais revenir, mais je pouvais craindre que Marc et le capitaine Haralan voulussent aller le trouver à Spremberg!... Mon frère, peut-être, parviendrais-je à lui faire entendre raison! Ce n'était pas à la veille de son mariage qu'il commettrait cette folie de partir... Mais le capitaine Haralan... Je me promis de le surveiller, et, au besoin, d'invoquer l'autorité paternelle.

Cependant, bien que le bruit de cette affaire se fût notablement assoupi, le gouverneur de Ragz ne laissait pas de s'en inquiéter encore. Que les prodigieux phénomènes auxquels personne n'avait pu donner une explication plausible, fussent dus à quelque tour d'adresse merveilleusement exécuté ou à toute autre cause, ils n'en avaient pas moins troublé la ville, et il convenait d'empêcher qu'ils vinssent à se renouveler.

Qu'on ne s'étonne donc pas si Son Excellence fût vivement impressionnée, lorsque le chef de police lui fit connaître la situation de Wilhelm Storitz vis-à-vis de la famille Roderich... et quelles menaces il avait faites!

Aussi, lorsque le gouverneur eût appris les résultats de la perquisition, résolut-il de prendre des mesures contre cet étranger. En somme, il y avait eu un vol – vol commis par lui, ou tout au moins par un complice... Si donc il n'eût pas quitté Ragz, on l'aurait arrêté, et, une fois entre les quatre murs d'une prison, il n'est pas probable qu'il en eût pu sortir, sans être vu, comme il était entré dans les salons de l'hôtel Roderich!

Et ce jour-là, la conversation suivante s'engagea entre Son Excellence et M. Stepark:

«Vous n'avez rien appris de nouveau?...

— Rien, monsieur le gouverneur.

— Il n'y a aucune raison de croire que Wilhelm Storitz soit revenu à Ragz?...

— Aucune.

— Sa maison est toujours en surveillance?...

— Jour et nuit.

— J'ai dû écrire à Budapest, reprit le gouverneur, à propos de cette affaire dont le retentissement a été plus considérable peut-être qu'elle ne le mérite, et je suis invité à prendre des mesures pour y mettre fin.

— Tant que Wilhelm Storitz n'aura pas reparu à Ragz, répondit le chef de police, il n'y a rien à craindre de lui, et nous savons de source certaine qu'il était encore à Spremberg, il y a quelques jours...

— En effet, monsieur Stepark, à cette cérémonie d'anniversaire!... Mais il peut être tenté de revenir ici, et c'est cela qu'il faut empêcher.

— Rien de plus facile, monsieur le gouverneur, et comme il s'agit d'un étranger, il suffira d'un arrêté d'expulsion...

— Un arrêté, reprit le gouverneur, qui lui interdira non seulement la ville de Ragz mais tout le territoire austro-hongrois.

— Dès que j'aurai cet arrêté, monsieur le gouverneur, répondit le chef de police, je le ferai signifier à tous les postes de la frontière.»

Bref, l'arrêté pris, le territoire du royaume fut interdit à l'Allemand Wilhelm Storitz. Puis, on procéda à la fermeture de sa maison, dont les clefs furent déposées au bureau du chef de police.

Ces mesures furent de nature à rassurer le docteur, sa famille, ses amis. Mais nous étions encore loin d'avoir pénétré les secrets de cette affaire, et qui sait si l'on parviendrait jamais à les connaître!

XI

La date du mariage approchait. Encore deux jours, et le soleil du 15 mai se serait levé sur l'horizon de Ragz.

Je constatai, non sans une vive satisfaction, que Myra, si impressionnable qu'elle fût, semblait n'avoir plus gardé souvenir de ces fâcheux incidents, et j'insiste d'ailleurs sur ce point que le nom de Wilhelm Storitz n'avait jamais été prononcé ni devant elle, ni devant sa mère.

J'étais son confident. Elle me parlait de ses projets d'avenir, sans trop savoir s'ils se réaliseraient. Marc et elle iraient-ils s'installer en France? Peut-être, mais pas immédiatement... Se séparer de son père, de sa mère, ce serait un gros chagrin...

«Mais, disait-elle, il n'est question maintenant que d'aller passer quelques semaines à Paris, où vous nous accompagnerez, n'est-ce pas!

— À moins que vous ne vouliez pas de moi!

— C'est que... deux nouveaux époux, c'est une assez maussade compagnie en voyage...

— Je tâcherai de m'y faire!» répondis-je d'un ton résigné.

Du reste, le docteur approuvait cette résolution. Quitter Ragz pendant un mois ou deux, cela valait mieux à tous égards. Sans doute, Mme Roderich serait très affectée du départ de sa fille, mais elle aurait la force de s'y résigner.

De son côté, pendant les heures qu'il passait près de Myra, Marc oubliait – ou plutôt il voulait tout oublier. Il est vrai, lorsqu'il se retrouvait avec moi, des craintes lui revenaient, et je faisais de vains efforts pour les dissiper. Invariablement, il me disait:

«Tu ne sais rien de nouveau, Henry?...

— Rien, mon cher Marc», répondais-je non moins invariablement, et c'était la pure vérité.

Un jour, il crut devoir ajouter:

«Si tu savais quelque chose... si en ville... ou par M. Stepark... si tu entendais parler...

— Je t'avertirais, Marc.

— Je t'en voudrais de me cacher...

— Je ne te cacherai rien... mais... je t'assure qu'on ne s'occupe plus de cette affaire!... Jamais la ville n'a été plus calme!... Les uns vont à leurs affaires, les autres à leurs plaisirs, et les cours du marché se maintiennent en grande hausse!

— Tu plaisantes, Henry...

— C'est pour te prouver que je n'ai plus aucune appréhension!

— Et pourtant, dit Marc dont le visage s'assombrit, si cet homme...

— Non!... il sait qu'il serait arrêté s'il revenait à Ragz, et il y a en Allemagne nombre de fêtes foraines où il aura l'occasion d'exercer ses talents de prestidigitateur!

— Ainsi... cette puissance... dont il parle...

— C'est bon pour les esprits faibles, cela!

— Tu n'y crois pas?...

— Pas plus que tu n'y crois toi-même! Donc, mon cher Marc, borne-toi à compter les jours, à compter les heures, à compter les minutes qui te séparent du grand jour!... Tu n'as rien de mieux à faire, et recommencer le calcul quand il est fini!

— Ah! mon ami!... s'écria Marc, dont le cœur battait à se rompre.

— Tu n'es pas raisonnable, Marc, et Myra l'est plus que toi!

— C'est qu'elle ne sait pas ce que je sais...

— Ce que tu sais?... je vais te le dire! Tu sais que le personnage n'est plus à Ragz, qu'il ne peut y revenir,... que nous ne le reverrons jamais, entends-tu bien... et si cela ne suffit pas à te tranquilliser...

— Que veux-tu, Henry, j'ai des pressentiments... Il me semble...

— C'est insensé, mon pauvre Marc!... Tiens... crois-moi... retourne à l'hôtel près de Myra...

— Oui... et je ne devrais jamais la quitter... non... pas d'un instant!»

Pauvre frère! Il me faisait mal à voir, mal à entendre! Ses craintes s'accroissaient à mesure que s'approchait le jour de son mariage. Et, moi-même, pour être franc, j'attendais ce jour avec la plus vive impatience!

Et puis, pour tout dire, si je pouvais compter sur Myra, sur son influence pour calmer mon frère, je ne savais plus quel moyen employer vis-à-vis du capitaine Haralan.

Le jour, on s'en souvient, où il apprit par le *Pester Loyd* que Wilhelm Storitz était à Spremberg, ce n'était pas sans peine que j'avais pu empêcher son départ. Il n'y a que huit cents kilomètres entre Spremberg et Ragz... En vingt-quatre heures il serait arrivé... Enfin nous avions pu le retenir, mais malgré les raisons que son père et moi nous faisions valoir, la nécessité de laisser cette affaire tomber dans l'oubli, il y revenait sans cesse, et je craignais toujours qu'il vînt à nous échapper.

Ce matin-là, il vint me trouver, et, dès le début de la conversation, je compris qu'il avait résolu de partir.

«Vous ne ferez pas cela, mon cher Haralan, répondis-je, vous ne le ferez pas!... Une rencontre entre ce Prussien et vous!... Non... maintenant... c'est impossible!... Je vous supplie de ne pas quitter Ragz.

— Mon cher Vidal... il faut que ce misérable soit puni...

— Et il le sera tôt ou tard, m'écriai-je, oui, il le sera!... La seule main qui doive s'abattre sur lui, le traîner devant un juge, c'est la main de la police!... Vous voulez partir, et c'est votre sœur!... Je vous en prie... écoutez-moi... comme un ami... Dans deux jours le mariage... et vous ne pourriez être de retour à Ragz?...»

Le capitaine Haralan sentait que j'avais raison, mais il ne voulait pas se rendre.

«Mon cher Vidal, répondit-il d'un ton qui me laissait peu d'espoir, nous ne voyons pas... nous ne pouvons voir les choses de la même façon... Ma famille, qui va devenir celle de votre frère, a été outragée, et je ne tirerais pas vengeance de ces outrages?...

— Non!... C'est à la justice de le faire!

— Comment le fera-t-elle, si cet homme ne revient pas... et il ne peut revenir! Il faut donc que j'aille où il est... où il doit être encore... à Spremberg!

— Soit, répliquai-je en dernier argument, mais encore deux à trois jours de patience, et je vous accompagnerai à Spremberg!...»

Enfin, je le pressai avec tant de chaleur que l'entretien se termina par cette promesse formelle que, le mariage célébré, je ne m'opposerais plus à son projet, et que je partirais avec lui.

Ils allaient me paraître interminables, ces deux jours qui nous séparaient du 15 mai! Et, tout en regardant comme un devoir de rassurer les autres, je n'étais pas sans éprouver parfois quelques inquiétudes.

Aussi, m'arrivait-il souvent de remonter ou de descendre le boulevard Téléki, poussé par je ne sais quel pressentiment.

La maison Storitz était toujours telle qu'on l'avait laissée après la descente de la police, portes fermées, fenêtres closes, cour et jardin déserts. Sur le boulevard, quelques agents dont la surveillance s'étendait jusqu'au parapet des anciennes fortifications et sur la campagne environnante. Aucune tentative pour rentrer dans cette maison n'avait été faite ni par le maître ni par le serviteur. Et pourtant, – ce que c'est que l'obsession – malgré tout ce que je disais à Marc et au capitaine Haralan, en dépit de ce que je me disais à moi-même, j'aurais vu une fumée s'échapper de la cheminée du laboratoire, une figure apparaître derrière les vitres du belvédère, je n'en eusse pas été surpris...

En réalité, alors que la population ragzienne, revenue de sa première épouvante, ne parlait plus de cette affaire, c'était le docteur Roderich, c'était mon frère, c'était le capitaine Haralan, c'était nous que hantait le fantôme de Wilhelm Storitz!

Ce jour-là, 13 mai, afin de me distraire, dans l'après-midi, je me dirigeai vers le pont de l'île Svendor pour gagner la rive droite du Danube.

Avant d'arriver au pont, je passai devant le débarcadère, où arrivait le *dampfschiff* de Budapest, et précisément le *Mathias Corvin*.

Alors revinrent à ma mémoire les incidents de mon voyage, ma rencontre avec cet Allemand, son attitude provocante, le sentiment d'antipathie qu'il m'avait inspiré à première vue; puis, alors que je le croyais débarqué à Vukovar, les paroles qu'il avait prononcées! Car c'était bien lui, ce ne pouvait être que lui, la même voix que nous avions entendue dans le salon de l'hôtel Roderich... même articulation, même dureté, même rudesse teutonne!

Et, sous l'empire de ces idées, je regardais un à un les passagers qui s'arrêtaient à Ragz... Je cherchais la pâle figure, les yeux étranges, la physionomie hoffmanesque de ce personnage!... Mais, comme on dit, j'en fus pour ma peine.

À six heures, j'allai, suivant mon habitude, prendre place à la table de famille. Mme Roderich me parut mieux portante, à peu près remise de ses émotions. Mon frère oubliait tout auprès de Myra, à la veille du jour où elle serait sa femme. Le capitaine Haralan lui-même paraissait plus calme, quoiqu'un peu sombre.

Au surplus, j'étais décidé à faire l'impossible pour animer ce petit monde et dissiper les derniers nuages du souvenir. Je fus heureusement secondé par Myra, le charme et la joie de cette soirée qui se prolongea assez tard. Sans se faire prier, elle se mit au piano, et nous chanta de vieilles chansons magyares, comme pour effacer cet abominable *Chant de la haine* qui avait retenti dans ce salon!

Au moment de nous retirer, elle me dit en souriant:

«C'est pour demain!... monsieur Henry... N'allez pas oublier...

— Oublier, mademoiselle?... répondis-je sur le ton plaisant qu'elle venait de prendre.

— Oui... oublier que le mariage se fait à la Maison de Ville...

— Ah! c'est demain!...

— Et que vous êtes un des témoins de votre frère...

— Vous avez raison de me le rappeler, mademoiselle Myra... Témoin de mon frère!... Je ne m'en souvenais déjà plus!...

— Cela ne m'étonne pas!... J'ai remarqué que vous aviez parfois des distractions...

— Je m'en accuse, mais je n'en aurai pas demain, je vous le promets... et pourvu que Marc n'oublie pas non plus...

— Je réponds de lui!...

— Voyez-vous cela!...

— Ainsi à quatre heures précises...

— Quatre heures, mademoiselle Myra?... Et moi qui croyais que c'était cinq heures et demie!... Soyez sans crainte... Je serai là à quatre heures moins dix!...

— Bonsoir... bonsoir... à vous le frère de Marc, et qui allez devenir le mien!...

— Bonsoir, mademoiselle Myra... bonsoir!»

Le lendemain, Marc eut quelques courses à faire dans la matinée. Il me parut avoir repris toute sa tranquillité, et je le laissai aller seul.

De mon côté, d'ailleurs, et par surcroît de prudence, et pour avoir, si c'était possible, la certitude que Wilhelm Storitz n'avait pas été revu à Ragz, je me rendis à la Maison de Ville.

M. Stepark me reçut immédiatement, et me demanda le motif de ma visite.

Je le priai de me dire s'il avait quelque nouvelle information.

«Aucune, monsieur Vidal, me répondit-il. Vous pouvez être certain que notre homme n'a pas reparu à Ragz...

— Est-il encore à Spremberg?...

— Tout ce que je puis affirmer, c'est qu'il y était hier.

— Vous avez reçu une dépêche?...

— Une dépêche de la police allemande, qui me confirme le fait.

— Cela me rassure!

— Oui, mais cela m'ennuie, monsieur Vidal.

— Et pourquoi?...

— Parce que ce diable d'homme – et diable est le mot – me paraît peu disposé à jamais franchir la frontière...

— Et c'est tant mieux, monsieur Stepark!

— C'est tant mieux pour vous, mais tant pis pour moi!...

— Je ne comprends guère vos regrets!...

— Eh si... comme policier, j'aurais aimé à lui mettre la main au collet, à tenir cette espèce de sorcier entre quatre murs!... Enfin, peut-être plus tard...

— Oh! plus tard, après le mariage, tant que vous voudrez, monsieur Stepark!»

Et je me retirai en remerciant le chef de police.

À quatre heures de l'après-midi, nous étions réunis dans le salon de l'hôtel Roderich. Deux landaus attendaient sur le boulevard Téléki – l'un pour Myra, son père, sa mère, et un ami de la famille, le juge Neuman, l'autre pour Marc, le capitaine Haralan, un de ses camarades, le lieutenant Armgard et moi. M. Neuman et le capitaine Haralan étaient les témoins de la mariée, le lieutenant Armgard et moi ceux de Marc.

À cette époque, après longues discussions à la Diète hongroise, le mariage civil existait comme en Autriche, et il s'accomplissait d'habitude le plus simplement du monde, – en famille. Aussi, toute la pompe serait-elle réservée pour la cérémonie religieuse du lendemain.

La jeune fiancée portait une toilette de bon goût, la robe en crêpe de Chine rose, ornée de mousseline, sans broderies. Mme Roderich avait également une toilette très simple. Le docteur et le juge étaient en redingote comme mon frère et moi, les deux officiers avec l'uniforme de petite tenue.

Quelques personnes attendaient sur le boulevard la sortie des voitures, femmes et jeunes filles du peuple, dont un mariage excite toujours la curiosité. Mais, il était probable que le lendemain, à la cathédrale, la foule serait considérable, juste hommage rendu à la famille Roderich.

Les deux landaus franchirent la grande porte de l'hôtel, tournèrent le coin du boulevard, suivirent le quai Bathiany, la rue du Prince Miloch, la rue Ladislas, et vinrent s'arrêter devant la grille de la Maison de Ville.

Les curieux se trouvaient en plus grand nombre sur la place Liszt et dans la cour du palais municipal. Peut-être, après tout, le souvenir des premiers incidents les avait-il attirés?... Peut-être se demandaient-ils si un nouveau phénomène n'allait pas s'accomplir dans la salle des mariages?...

Les voitures pénétrèrent dans la cour d'honneur et stationnèrent devant le perron.

Un instant après, Mlle Myra au bras de son père, Mme Roderich au bras de M. Neuman, puis Marc, le capitaine Haralan, le lieutenant Armgard et moi, nous avions pris place dans la salle, éclairée de grandes fenêtres à carreaux coloriés, boisée de panneaux sculptés du plus grand prix. Au centre, une large table portait à chaque extrémité deux magnifiques corbeilles de fleurs.

M. et Mme Roderich vinrent s'asseoir de chaque côté du fauteuil réservé à l'officier de l'état civil, en leur qualité de père et mère. En face, sur les chaises, se placèrent Marc Vidal et Myra Roderich, l'un près de l'autre, puis les quatre témoins, M. Neuman et le capitaine Haralan, à droite, le lieutenant Armgard et moi, à gauche.

Un huissier annonça le Maire de Ragz, qui avait voulu procéder lui-même à cette cérémonie. Tout le monde se leva à son entrée.

Le Maire, debout devant la table, demanda aux parents s'ils donnaient consentement au mariage de leur fille avec Marc Vidal, et, après réponse affirmative, il n'y eut pas à poser cette question en ce qui concernait mon frère, lui et moi étant seuls de notre famille.

Puis ce fut aux deux fiancés que le Maire s'adressa.

«M. Marc Vidal consent-il à prendre Mlle Myra Roderich pour épouse?...

— Oui.

— Mlle Myra Roderich consent-elle à prendre M. Marc Vidal pour époux?

— Oui!»

Et le Maire, au nom de la loi, dont il avait lu les articles, les déclara tous deux unis par le mariage.

Ainsi s'étaient passées les choses dans leur simplicité habituelle. Aucun prodige ne s'était effectué et, – bien que cette idée m'eût un instant traversé l'esprit, – ni l'acte sur lequel furent apposées les signatures, après lecture faite par l'employé de l'état civil, ne fut déchiré, ni la plume arrachée de la main des mariés et des témoins.

Décidément, Wilhelm Storitz n'était point à Ragz et, s'il est à Spremberg, qu'il y reste pour la joie de ses compatriotes!

Maintenant, Marc Vidal et Myra Roderich étaient unis devant les hommes, et, demain, ils le seraient devant Dieu.

XII

Nous étions au 15 mai. Cette date, impatiemment attendue, il avait semblé qu'elle n'arriverait jamais!

Enfin, nous étions au 15 mai. Quelques heures encore, et la cérémonie du mariage religieux allait s'accomplir dans la cathédrale de Ragz.

Si certaine appréhension avait pu rester dans notre esprit, quelque souvenir de ces inexplicables incidents qui remontaient à une dizaine de jours, ils s'étaient entièrement effacés après la célébration du mariage civil. La Maison de Ville n'avait point été troublée par un de ces phénomènes qui s'étaient produits dans les salons de l'hôtel Roderich.

Je me levai de bonne heure. Marc m'avait devancé. Je n'avais pas encore fini de m'habiller, lorsqu'il entra dans ma chambre.

Il était déjà en tenue, pourrait-on dire – l'uniforme des mariés, tout noir, comme celui des deuils, cet uniforme du grand monde, où le sévère habillement des hommes contraste avec l'éclatante toilette des femmes.

Marc rayonnait de bonheur, et il n'y avait pas une ombre sur ce rayonnement.

Il m'embrassa avec effusion et je le pressai sur mon cœur.

«Ma chère Myra, me dit-il, m'a recommandé de te rappeler...

— Que c'est pour aujourd'hui! répondis-je en riant. Eh bien, dis-lui que si je n'ai pas manqué l'heure à la Maison de Ville, je ne la manquerai pas à la cathédrale! Hier... J'ai mis ma montre sur le beffroi! Et toi-même, mon cher Marc, tâche de ne pas te faire attendre!... Tu sais, ta présence est indispensable!... On ne pourrait pas commencer sans toi!...»

Il me quitta, et je me hâtai d'achever ma toilette. Notez qu'il était à peine neuf heures du matin.

Nous avions pris rendez-vous à l'hôtel. C'est de là que devaient partir les voitures du Sacre – je me plaisais à les désigner sous cette appellation fantaisiste. Aussi, ne fût-ce que pour témoigner de mon exactitude, j'arrivai plus tôt qu'il ne fallait – ce qui me vaudrait un joli sourire de la mariée, – et j'attendis dans le salon.

L'une après l'autre se présentèrent les personnes, – disons les personnages, étant donné la solennité des circonstances, – qui avaient figuré la veille à la cérémonie de la Maison de Ville, – cette fois en grand costume, l'habit noir, le gilet noir, le pantalon noir, rien de magyar, comme on le voit, mais tout ce qu'il y a de plus parisien. Quelques décorations, cependant, brillaient aux boutonnières, Marc avec sa rosette d'officier de la Légion d'honneur, le docteur et le magistrat avec les décorations autrichiennes et hongroises, les deux officiers, dans leurs splendides uniformes du régiment des Confins Militaires, portant croix et médailles, moi, avec le simple ruban rouge.

Myra Roderich, – et pourquoi ne dirais-je pas Myra Vidal, puisque les deux fiancés étaient déjà unis par le lien civil, – Myra, en toilette blanche, robe de moire à traîne, corsage brodé de fleurs d'oranger, était habillée à ravir. À son côté s'épanouissait le bouquet de mariée, et sur sa magnifique chevelure blonde reposait la couronne nuptiale, d'où retombait en longs plis son voile de tulle blanc. Cette couronne, c'était celle que lui avait rapportée mon frère: elle n'en avait pas voulu d'autre.

En entrant dans le salon avec sa mère, en riche toilette, elle vint vers moi, elle me tendit la main, et je la lui serrai affectueusement, fraternellement. Puis, la joie éclatant dans ses yeux, elle me dit:

«Ah! mon frère, que je suis heureuse!»

Ainsi, des vilains jours passés, des tristes épreuves auxquelles avait été soumise cette honnête famille, il ne restait pas même le souvenir. Il n'était pas jusqu'au capitaine Haralan, qui ne parut avoir tout oublié, et il me dit, en me serrant la main:

«Non... n'y pensons plus!»

Voici quel était le programme de cette journée, – programme qui avait reçu l'approbation générale: à dix heures moins le quart, départ pour la cathédrale, où le gouverneur de Ragz, les autorités et les notabilités de la ville se trouveraient à l'arrivée des jeunes époux. Présentations et compliments, après la messe de mariage, à la signature des actes dans la sacristie de Saint-Michel. Retour pour le déjeuner qui devait réunir une cinquantaine de convives. Le soir, fête donnée dans les salons de l'hôtel, à laquelle avaient été envoyées près de deux cents invitations.

Les landaus furent occupés comme la veille, le premier par la mariée, le docteur, Mme Roderich et M. Neuman; le second par Marc et les trois autres témoins. En revenant de la cathédrale, Marc et Myra Vidal prendraient place dans la même voiture. D'autres équipages étaient allés chercher les personnes qui devaient assister à la cérémonie religieuse.

Du reste, M. Stepark avait dû prendre des mesures dans le but d'assurer l'ordre, car, certainement, l'affluence du public serait considérable à la cathédrale et sur la place Saint-Michel.

À neuf heures trois quarts, les voitures quittèrent l'hôtel Roderich, et suivirent le quai Bathiany. Après avoir atteint la place Magyare, elles la traversèrent et remontèrent le beau quartier de Ragz, par la rue du Prince Miloch.

Le temps était superbe, le ciel égayé des rayons du soleil de mai. Sous les galeries de la rue, les passants, en grand nombre, se dirigeaient vers la cathédrale. Tous les regards allaient à la première voiture, des regards de sympathie et d'admiration pour la jeune mariée, et je dois constater que mon cher Marc en eut aussi sa part. Les fenêtres laissaient apercevoir des visages souriants, et de partout il tombait des saluts auxquels on n'eût pas suffi à répondre.

«Ma foi, dis-je, j'emporterai de cette ville d'agréables souvenirs!

— Les Hongrois honorent en vous cette France qu'ils aiment, monsieur Vidal, me répondit le lieutenant Armgard, et ils sont heureux d'une union qui fait entrer un Français dans la famille Roderich.»

Nous approchions de la place, et il fallut marcher au pas des attelages, tant la circulation devenait difficile.

Des tours de la cathédrale s'échappait la joyeuse volée des cloches que la brise de l'est emportait toute vibrante et, un peu avant dix heures, le carillon du beffroi mêla ses notes aiguës aux voix sonores de Saint-Michel.

Lorsque nous arrivâmes sur la place, j'aperçus le cortège des voitures qui avaient amené les invités, rangées à droite et à gauche, le long des arcades latérales.

Il était exactement dix heures cinq quand nos deux landaus vinrent s'arrêter au pied des marches, devant le portail central, ouvert à deux battants.

Le docteur Roderich descendit le premier, puis ce fut sa fille, qui lui prit le bras. M. Neuman offrit le sien à Mme Roderich. Nous fûmes aussitôt à terre, suivant Marc, entre les rangs de spectateurs qui s'échelonnaient le long du parvis.

À ce moment, les grandes orgues résonnèrent à l'intérieur en jouant la marche nuptiale du compositeur hongrois Konzach.

À cette époque, en Hongrie, d'après une ordonnance liturgique, qui n'est pas adoptée dans les autres pays catholiques, la bénédiction n'était donnée aux époux qu'à l'issue de la messe de mariage. Et, peut-être semble-t-il que ce doive être des fiancés non des époux qui assistent à l'office. La messe d'abord, le sacrement ensuite.

Marc et Myra se dirigèrent vers les deux fauteuils qui leur étaient destinés, devant le grand autel; puis, les parents et les témoins trouvèrent des sièges préparés derrière eux.

Toutes les chaises et stalles du chœur étaient déjà occupées, par une nombreuse réunion, le gouverneur de Ragz, les magistrats, les officiers de la garnison, la municipalité, les principaux fonctionnaires de l'administration, les amis de la famille, les notables de l'industrie et du commerce. Aux dames, en brillantes toilettes, des places spéciales avaient été aussi réservées le long des stalles, et il n'en restait pas une libre.

Derrière les grilles du chœur, un chef-d'œuvre de la serrurerie du treizième siècle, à l'entrée des portes qui y donnent accès, se pressait la foule des curieux. Quant aux personnes qui n'avaient pu s'en approcher, elles avaient trouvé place au milieu de la grande nef dont toutes les chaises étaient prises.

Puis, dans les contre-nefs du transept, dans les bas-côtés, s'agglomérait le populaire, qui refluait jusque sur les marches du parvis. En cette agglomération où les femmes formaient la majorité, le regard eût pu entrevoir plusieurs spécimens du costume magyar.

Et, maintenant, si quelques-unes de ces braves citadines ou paysannes avaient conservé souvenir des phénomènes qui avaient troublé la ville, pouvait-il leur venir à la pensée qu'elles les verraient se reproduire à la cathédrale?... Non, évidemment, et, en effet, pour peu qu'elles les eussent attribués à une intervention démoniaque, ce n'était pas dans une église que cette intervention aurait pu s'exercer. Est-ce que la puissance du Diable ne s'arrête pas au seuil du sanctuaire de Dieu?...

Un mouvement se fit à droite du chœur, et la foule dut s'ouvrir pour livrer passage à l'archiprêtre, au diacre, au sous-diacre, aux bedeaux, aux enfants de la maîtrise.

L'archiprêtre s'arrêta devant les marches de l'autel, s'inclina, et dit les premières phrases de l'*Introït*, tandis que les chantres entonnaient les versets du *Confiteor*.

Myra était agenouillée sur le coussin de son prie-Dieu, la tête baissée, dans une attitude fervente. Marc se tenait debout près d'elle, et ses yeux ne la quittaient pas.

La messe était dite avec toute la pompe dont l'Église catholique a voulu entourer ces cérémonies solennelles. L'orgue alternait avec le plain-chant des *Kirié* et les strophes du *Gloria in Excelsis*, qui éclatèrent sous les hautes voûtes.

Il se produisait parfois un vague bruit de foule remuante, de chaises déplacées, de sièges rabattus, puis le va-et-vient des bas officiers de l'Église qui veillaient à ce que le passage de la grande nef demeurât libre sur toute sa longueur.

D'ordinaire, l'intérieur de la cathédrale est plongé dans une pénombre où l'âme se livre avec plus d'abandon aux impressions religieuses. À travers les anciens vitraux où se dessine en vives couleurs la silhouette des personnages bibliques, par les étroites fenêtres du style ogival de la première époque, par les verrières latérales, il ne venait qu'un jour incertain. Pour peu que le temps soit couvert, la grande nef, les bas-côtés, l'abside, restent sombres, et cette mystique obscurité n'est piquée que des pointes de flamme qui brillent aux longs cierges des autels.

Aujourd'hui, il en était autrement. Sous ce magnifique soleil, les fenêtres tournées vers l'est et la rosace du transept s'embrasaient. Un faisceau de rayons, traversant une des baies de l'abside, tombait directement sur la chaire, suspendue à l'un des piliers de la nef, et semblait animer la face tourmentée du géant michelangesque qui la soutenait de ses énormes épaules.

Lorsque la sonnette se fit entendre, l'assistance se leva, et, aux mille bruits du remuement, succéda le silence pendant que le diacre lut en psalmodiant l'Évangile de saint Matthieu.

Puis l'archiprêtre, se retournant, adressa une allocution aux fiancés. Il parlait d'une voix un peu faible, la voix d'un vieillard couronné de cheveux blancs. Il dit des choses très simples qui devaient aller au cœur de Myra; il fit l'éloge de ses vertus familiales, de la famille Roderich, de son dévouement envers les malheureux et de son inépuisable charité. Il sanctifia ce mariage qui unissait un Français et une Hongroise, et il appela la bénédiction céleste sur les nouveaux époux.

L'allocution terminée, le vieux prêtre, tandis que le diacre et le sous-diacre reprenaient place à ses côtés, se retourna vers l'autel pour les prières de l'offertoire.

Si je note, pas à pas, les détails de cette messe nuptiale, c'est qu'ils sont restés profondément gravés dans mon esprit, c'est que leur souvenir ne devait jamais s'effacer de ma mémoire.

Alors, de la tribune de l'orgue, s'éleva une voix superbe, accompagnée d'un quatuor d'instruments à cordes. Le ténor Gottlieb, très en renom dans le monde magyar, chantait l'hymne de l'offrande.

Marc et Myra quittèrent leurs fauteuils et vinrent se placer devant les marches de l'autel. Et là, après que le sous-diacre eut reçu leur riche aumône, ils appuyèrent leurs lèvres, comme en un baiser, sur la patène que présentait l'officiant. Puis, ils allèrent reprendre leurs places, en marchant l'un près de l'autre. Jamais, non! jamais Myra n'avait paru plus rayonnante de beauté, plus auréolée de bonheur!

Ce fut alors aux quêteuses de recueillir la part des malades et des pauvres. Précédées des bedeaux, elles se glissèrent au milieu des rangs du chœur et de la nef, et on entendait le bruit des chaises déplacées, le frou-frou des robes, le piétinement de la foule tandis que les piécettes tombaient dans la bourse des jeunes filles.

Le *Sanctus* fut chanté à quatre parties par le personnel de la maîtrise, que les enfants dominaient de leur soprano aigu. Le moment de la consécration approchait, et lorsque retentit le premier appel de la sonnette, les hommes se levèrent, et les femmes se courbèrent sur leurs prie-Dieu.

Marc et Myra s'étaient agenouillés, dans l'attente de ce miracle qui se renouvelle depuis dix-huit siècles par la main du prêtre, le suprême mystère de la transsubstantiation.

À ce moment solennel, qui ne s'est pas senti impressionné par l'attitude profondément croyante des fidèles, par ce silence mystique, alors que s'inclinent toutes les têtes et que montent toutes les pensées vers le Ciel!

Le vieux prêtre s'était penché devant le calice, devant l'hostie que son verbe allait consacrer. Ses deux assistants, agenouillés sur la plus haute marche, tenaient le bas de sa chasuble, afin qu'il ne fût point gêné dans ses génuflexions liturgiques. L'enfant de chœur, la sonnette à la main, se préparait à l'agiter.

Deux appels, à court intervalle, se prolongèrent au milieu du recueillement général, tandis que l'officiant articulait lentement les paroles sacramentelles...

À ce moment, un cri retentit, – un cri décirant, un cri d'épouvante et d'horreur.

La sonnette, lâchée par l'enfant de chœur, roulait sur les degrés de l'autel.

Le diacre et le sous-diacre s'étaient écartés l'un de l'autre.

L'archiprêtre, à demi renversé, se retenait à la nappe de ses doigts crispés, la bouche tremblante encore de ce cri qu'il avait poussé, les traits décomposés, le regard effaré, les genoux fléchis, prêt à tomber...

Et voici ce que je vis, – ce que mille personnes virent comme moi...

L'hostie consacrée a été arrachée des doigts du vieux prêtre… ce symbole du Verbe incarné vient d'être saisi par une main sacrilège! Puis, elle est déchirée, et les morceaux en sont lancés à travers le chœur...

Devant cette profanation, l'assistance est en proie à l'épouvante et à l'horreur.

Et à ce moment, voici ce que j'entendis, – ce que mille personnes entendirent, ces paroles, prononcées d'une voix terrible, la voix que nous connaissions bien, la voix de Wilhelm Storitz, alors debout sur les marches, mais invisible comme dans les salons de l'hôtel Roderich:

«Malheur sur les époux... Malheur!...»

Myra poussa un cri et, comme si son cœur se fût brisé, s'évanouit entre les bras de Marc!

XIII

Ces phénomènes, ceux de la cathédrale de Ragz et ceux de l'hôtel Roderich, tendaient au même but, et devaient avoir la même origine. C'est Wilhelm Storitz, lui seul, qui pouvait en être l'auteur. Admettre qu'ils fussent dus à quelque tour d'adresse, non... ni l'enlèvement de l'hostie ni l'enlèvement de la couronne nuptiale! J'arrivais à penser que cet Allemand tenait de son père quelque secret scientifique, le secret d'une découverte qui lui donnait le pouvoir de se rendre invisible... et de même que certains rayons lumineux ont la propriété de traverser les corps opaques, comme si ces corps étaient translucides... Mais où allais-je m'égarer... Aussi je me gardai d'en rien dire à personne.

Nous avions ramené Myra sans qu'elle eût repris connaissance. Elle avait été transportée dans sa chambre, déposée sur son lit, et les soins qui lui furent donnés ne purent la ranimer. Elle restait inerte, insensible! le docteur se sentait impuissant devant cette inertie, devant cette insensibilité. Mais enfin, elle respirait, elle vivait, et comment avait-elle pu survivre à tant d'épreuves, comment cette dernière ne l'avait-elle pas tuée!...

Plusieurs des confrères du docteur Roderich étaient accourus à l'hôtel. Ils entouraient le lit de Myra, étendue sans mouvement, les paupières abaissées, la figure d'une pâleur de cire, la poitrine soulevée par les battements irréguliers du cœur, la respiration réduite à un souffle – un souffle qui pouvait s'éteindre d'un instant à l'autre!...

Marc lui tenait les mains, il l'appelait, il la suppliait, il pleurait.

«Myra... ma chère Myra!...»

Elle ne l'entendait pas... elle ne rouvrait pas les yeux...

Et, d'une voix étouffée par les sanglots, Mme Roderich répétait:

«Myra... mon enfant... ma fille... Je suis là... près de toi... ta mère...»

Elle ne répondait pas.

Cependant les médecins avaient essayé des remèdes les plus énergiques, et il sembla qu'elle allait reprendre connaissance...

Oui, ses lèvres balbutièrent de vagues mots dont il fut impossible de saisir le sens... Ses doigts s'agitèrent entre les mains de Marc... Ses yeux se rouvrirent à demi... Mais quel regard incertain, sous ces paupières à demi relevées... un regard où manquait l'intelligence!...

Et Marc ne le comprit que trop, car il retomba, poussant ce cri...:

«Folle... folle!...»

Je dus me précipiter sur lui, le maintenir avec l'aide du capitaine Haralan, me demandant si, lui aussi, il n'allait pas perdre la raison!...

Il fallut l'entraîner dans une autre chambre où les médecins tentèrent par tous les moyens de conjurer cette crise dont l'issue menaçait d'être si fatale!

Quel serait le dénouement de cette situation?... Y avait-il lieu d'espérer qu'avec le temps, Myra recouvrerait son intelligence, que les soins triompheraient de l'égarement de son esprit, que cette folie n'était que passagère?...

Le capitaine Haralan, lorsqu'il se retrouva seul avec moi, me dit:

«Il faut en finir!...»

En finir?... Et comment l'entendait-il?... Que prétendait-il?... Que Wilhelm Storitz fût revenu à Ragz, qu'il fût l'auteur de cette profanation, nous n'en pouvions douter!... Mais où le rencontrer et avait-on prise sur cet être insaisissable?...

Maintenant, à quelle impression allait s'abandonner la ville? Voudrait-elle accepter une explication naturelle de ces faits? Ici nous n'étions pas en France, où, à n'en pas douter, ces prodiges eussent été tournés en plaisanterie par les journaux et ridiculisés par les chansons des tavernes montmartroises! Il devait en être tout autrement en ce pays. J'ai déjà eu l'occasion de le noter, les Magyars ont une tendance naturelle au merveilleux, et la superstition, chez les classes ignorantes, est indéracinable. Pour les gens instruits, ces étrangetés ne pouvaient résulter que d'une découverte physique ou chimique. Mais, quand il s'agit d'esprits peu éclairés, tout s'explique avec l'intervention du diable, et Wilhelm Storitz allait passer pour être le diable en personne.

En effet, il ne fallait plus songer à cacher dans quelles conditions cet étranger, contre lequel le gouverneur de Ragz avait rendu un arrêté d'expulsion, était mêlé à cette affaire. Ce que nous avions tenu secret jusqu'alors, ne pouvait plus rester dans l'ombre, après le scandale de Saint-Michel.

Tout d'abord, les journaux de la ville reprirent la campagne abandonnée depuis quelque temps. Ils rattachèrent les faits de l'hôtel Roderich aux faits de la cathédrale. L'apaisement qui s'était fait dans le public fit place à de nouveaux troubles. Le lien qui unissait ces divers incidents, la population le connut enfin. Ce nom de Wilhelm Storitz, dans toutes les maisons, dans toutes les familles, on ne le prononça plus sans qu'il évoquât le souvenir, on pourrait dire le fantôme d'un personnage étrange, dont l'existence s'écoulait entre les murs muets et les fenêtres closes de cette habitation du boulevard Téléki.

Qu'on ne soit donc pas surpris, si, dès que la nouvelle eut été répandue par les journaux, la foule se porta vers ce boulevard, entraînée par une force irrésistible dont elle ne se rendait peut-être pas compte.

C'est ainsi que, une dizaine de jours avant, la population s'était amassée dans le cimetière de Spremberg. Mais, là, les compatriotes du savant venaient pour assister à quelque prodige, et aucun sentiment d'animosité ne les y poussait. Ici au contraire, il y avait une explosion de haine, un besoin de vengeance, justifiés par l'intervention d'un être malfaisant.

Qu'on n'oublie pas, d'autre part, l'horreur que devait inspirer à cette ville si religieuse, le scandale dont la cathédrale venait d'être le théâtre! Le plus abominable des sacrilèges y avait été commis. On avait vu, pendant la messe, au moment de l'élévation, une hostie consacrée, arrachée des mains de l'archi-prêtre, promenée à travers les nefs, puis déchirée et jetée du haut de la chaire!...

Et l'église, jusqu'au jour où les rites de la réconciliation l'auraient purifiée, allait rester fermée aux prières des fidèles!

Cette surexcitation ne pouvait que s'accroître et prendre d'inquiétantes proportions. Le plus grand nombre ne voudrait jamais accepter ce qui était seul acceptable: la découverte de l'invisibilité.

Le gouverneur de Ragz dut se préoccuper de ces disposi-tions de la ville et enjoindre au chef de police de prendre toutes les mesures que réclamait la situation. Il fallait être prêt à se défendre contre les excès d'une panique, qui aurait pu avoir les conséquences les plus graves. En outre, à peine le nom de Wilhelm Storitz eut-il été révélé, qu'il fallut protéger la maison du boulevard Téléki, devant laquelle se rassemblèrent des cen-taines d'ouvriers, de paysans, et la défendre contre l'envahisse-ment et le pillage.

Cependant, si un homme avait le pouvoir de se rendre invisible, – ce qui ne me paraissait plus contestable, – si la fable de l'anneau de Gygès à la cour du roi Candaule était devenue une réalité[1], c'était la tranquillité publique absolument compromise! Plus de sécurité personnelle. Ainsi Wilhelm Storitz était revenu à Ragz et nul n'avait pu l'y voir. S'y trouvait-il encore, nul ne pouvait s'en assurer! Et puis, avait-il gardé pour lui seul le secret de cette découverte que lui avait probablement léguée son père?... Son serviteur Hermann ne l'utilisait-il pas comme lui?... D'autres n'en feraient-ils pas usage à son profit?... Et qui les empêcherait de pénétrer dans les maisons quand et comme il leur plairait, de se mêler à leur existence?... Est-ce que l'intimité des familles n'allait pas être détruite?... Est-ce que, pour s'être enfermé chez soi, on serait assuré d'y être seul? – assuré de n'y point être entendu, comme de n'y point être vu, à moins de se tenir en une obscurité profonde? Puis, dehors, à travers les rues, cette crainte perpétuelle d'être suivi, sans le savoir, par quelqu'un d'invisible, ne vous perdant pas des yeux, pouvant vous maltraiter, s'il le

1. Gygès, favori et successeur du roi Candaule, aurait – selon la légende – possédé un anneau le rendant invisible.

veut!... Et les attentats de toutes sortes, rendus si faciles, quel moyen de s'y soustraire?... Ne serait-ce pas un trouble permanent, l'anéantissement de la vie sociale?...

Les journaux rappelèrent alors ce qui s'était passé sur la place du marché Coloman, ce dont le capitaine Haralan et moi nous avions été témoins. Un homme avait été violemment renversé sur le sol, et, prétendait-il, par un individu qu'il n'avait pu voir... Eh bien, cet homme se trompait-il?... N'avait-il pu être heurté au passage par Wilhelm Storitz, ou Hermann ou tout autre?... Et chacun n'eut-il pas la pensée que cela aurait pu lui arriver? À chaque pas, n'était-on pas exposé à de pareilles rencontres?...

Puis, certaines particularités revinrent à la mémoire, l'affiche arrachée de la Maison de Ville, et lors de la perquisition dans la maison du boulevard Téléki, un bruit de pas entendu dans les chambres, cette fiole inopinément tombée et brisée!...

Eh bien, il était là, lui, et, sans doute, Hermann y était aussi. Ils n'avaient point quitté la ville après la soirée des fiançailles, ainsi que nous le supposions, et cela expliquait l'eau savonneuse de la chambre à coucher, le feu sur le fourneau de la cuisine. Oui! tous deux assistaient aux perquisitions faites dans la cour, dans le jardin, dans la maison... Et si nous avions trouvé la couronne nuptiale dans le belvédère, c'est sans doute que Wilhelm Storitz, surpris par la perquisition, n'avait pas eu le temps de l'enlever!...

Ainsi donc, en ce qui me concernait, s'expliquaient les incidents du *dampfschiff*, lorsque je descendais le Danube de Pest à Ragz. Ce passager que je croyais débarqué à Vukovar, était toujours à bord, et on ne l'y voyait pas!...

Ainsi cette invisibilité, il sait la produire instantanément... il paraît ou disparaît à son gré... comme les personnages de féerie grâce à leur baguette magique. Mais il ne s'agit pas de magie, ni de mots cabalistiques, ni d'incantations, ni de fantasmagorie, ni de sorcellerie! Mais s'il rend son corps invisible, et les vêtements qui le couvrent, il semble qu'il n'en est pas ainsi des objets qu'il tient à la main, puisque nous avions pu voir le bouquet déchiré, la couronne emportée, l'hostie rompue et jetée au pied de l'autel. Évidemment, Wilhelm Storitz possède la formule d'une composition qu'il suffit d'absorber... Laquelle?...

Celle que renfermait sans doute cette fiole brisée, et qui s'évaporait presque instantanément! Mais quelle est la formule de cette composition, voilà ce que nous ne savons pas, ce qu'il importerait de savoir, ce qu'on ne saura jamais peut-être!...

Quant à la personne de Wilhelm Storitz, alors même qu'elle était invisible, était-il donc impossible de la saisir? Si elle se dérobait au sens de la vue, elle ne se dérobait pas, j'imagine, au sens du toucher! Son enveloppe matérielle ne perdait aucune des trois dimensions communes à tous les corps, longueur, largeur, profondeur... Il était toujours là, en chair et en os, comme on dit. Invisible, soit, intangible, non! Cela, c'est pour les fantômes, et nous n'avions pas affaire à un fantôme!

Or, me disais-je, que le hasard permette de le saisir, par les bras, par les jambes, par la tête, si on ne le voit pas, du moins le tiendra-t-on... Et si étonnante que soit la faculté dont il dispose, elle ne lui permettra pas de passer à travers les murs d'une prison!...

Ce n'était là que raisonnements, en somme acceptables, que chacun faisait sans doute, mais la situation n'en restait pas moins inquiétante, la sécurité publique compromise. On ne vivait plus que dans les transes. On ne se sentait en sûreté ni dans les maisons ni dans les rues, ni la nuit ni le jour. Le moindre bruit dans les chambres, un craquement du plancher, une persienne agitée par le vent, un gémissement de la girouette sur le toit, le bourdonnement d'un insecte aux oreilles, le sifflement de la brise par une porte ou une fenêtre mal fermée, tout paraissait suspect. Pendant le va-et-vient de la vie domestique, à table pendant les repas, le soir pendant la veillée, la nuit pendant le sommeil, en admettant que le sommeil fût possible, on ne savait jamais si quelque intrus ne violait pas par sa présence l'inviolabilité du home! si ce Wilhelm Storitz, ou quelque autre, n'était pas là épiant vos démarches, entendant vos paroles, enfin pénétrant les plus intimes secrets des familles.

Sans doute, il pouvait se faire que cet Allemand eût quitté Ragz et fût retourné à Spremberg. Et qui sait, si, cette découverte, il ne serait pas tenté d'en céder la formule à son pays, de mettre entre des mains allemandes cette puissance de tout voir, de tout entendre. Alors, dans les ambassades, dans les chancelleries, dans les conseils des gouvernements, plus de secret possible, plus de sécurité internationale!

Mais, en y réfléchissant, – ce fut l'avis du docteur et du capitaine Haralan, et aussi celui du gouverneur et du chef de police, – pouvait-on maintenant admettre que Wilhelm Storitz en eût fini avec ses déplorables agissements?... Si le mariage civil s'était accompli, c'est, sans doute, qu'il n'avait pu l'empêcher, peut-être parce qu'il ne se trouvait pas à Ragz ce jour-là. Mais, le mariage religieux, il en avait interrompu la célébration; et en cas que Myra vint à recouvrer la raison, ne chercherait-il pas à l'empêcher encore? La haine qu'il avait vouée à la famille Roderich était-elle éteinte?... Sa vengeance était-elle satisfaite? Pouvait-on oublier les menaces qui avaient retenti dans la cathédrale... «Malheur sur les époux... malheur!...»

Non! le dernier mot de cette affaire n'avait pas été dit, et de quels moyens disposait cet homme pour la réalisation de ses projets de vengeance!

En effet, si surveillé jour et nuit que fût l'hôtel Roderich, ne parviendrait-il pas à s'y introduire? Et, une fois dans l'hôtel, n'agirait-il pas comme il lui conviendrait, libre de se cacher en quelque coin, puis de gagner, soit la chambre de Myra, soit la chambre de mon frère... Et, reculerait-il devant un crime!...

On peut juger, après cela, de l'obsession des esprits, aussi bien ceux qui se maintenaient sur le domaine des faits positifs que ceux qui s'abandonnaient aux exagérations d'une imagination superstitieuse!

Mais, enfin, existait-il un remède à cette situation?... Je n'en voyais aucun, et le départ de Marc et de Myra ne l'eût pas changée. Est-ce que Wilhelm Storitz n'aurait pas pu les suivre en toute liberté, et, d'ailleurs, l'état dans lequel se trouvait Myra permettait-il de quitter Ragz?...

Du reste, il ne fut pas possible de mettre en doute la présence de ce personnage au milieu d'une population qu'il voulait braver et terroriser impunément.

Le soir même, dans le quartier de la Maison de Ville, – et ce fut même visible de la place Liszt et du marché Coloman, – une lueur puissante apparut à la plus haute fenêtre du beffroi. Une torche enflammée s'abaissait, se relevait, s'agitait comme si quelque incendiaire eût voulu inonder de flammes l'hôtel municipal.

Le chef de police et ses agents, se jetant hors du poste central, atteignirent rapidement les combles du beffroi...

La lumière avait disparu, et – M. Stepark s'y attendait, – on ne trouva personne. La torche éteinte gisait sur le plancher; une odeur fuligineuse s'en dégageait; des étincelles résineuses glissaient encore sur la toiture; mais on put conjurer tout danger d'incendie.

Ainsi, personne!... Ou l'individu, – disons Wilhelm Storitz, – avait eu le temps de s'enfuir, ou il se tenait en un coin du beffroi, invisible sinon insaisissable.

La foule, amassée devant la Maison de Ville, en fut pour ses cris de vengeance: À mort!... à mort! dont se riait Wilhelm Storitz!

Le lendemain, dans la matinée cette fois, nouvelle bravade, jetée à la cité entière, prise d'affolement.

Dix heures et demie venaient de sonner, lorsqu'une sinistre volée de cloches, un funèbre glas, retentit, une sorte de tocsin d'épouvante.

Cette fois, ce n'était pas un homme seul qui aurait pu mettre en branle l'appareil campanaire de la cathédrale. Il fallait que Wilhelm Storitz fût aidé de plusieurs complices, ou, tout au moins, de son serviteur Hermann.

Les habitants se portèrent en foule sur la place Saint-Michel, accourant même des quartiers éloignés où ces coups de tocsin avaient jeté l'effroi...

Cette fois encore, M. Stepark et ses agents se précipitèrent vers l'escalier de la tour du nord, ils en franchirent rapidement les marches, ils arrivèrent à la cage des cloches, tout inondée du jour qui passait à travers ses auvents...

Mais, en vain visitèrent-ils cet étage de la tour et la galerie supérieure... Personne! personne!... Lorsque les agents étaient entrés dans la cage où les cloches muettes achevaient de se balancer, les invisibles sonneurs avaient déjà disparu.

XIV

T elle était maintenant Ragz, d'ordinaire si tranquille, si heureuse, au point d'être enviée des autres cités magyares. Je ne
saurais la mieux comparer qu'à une ville d'un pays envahi, sous
la crainte perpétuelle du bombardement alors que chacun se
demande où tombera la première bombe, et si sa maison ne sera
pas la première détruite!...

En effet, que ne pouvait-on redouter de Wilhelm Storitz?...
Non seulement il n'avait point quitté la ville, mais il tenait à ce
qu'on le sût toujours là.

À l'hôtel Roderich, la situation était encore plus grave.
Deux jours de passés, et la raison n'était pas revenue à l'infor-
tunée Myra. Ses lèvres ne s'ouvraient que pour des paroles
incohérentes, ses yeux hagards ne se fixaient sur personne. Elle
ne nous entendait pas, elle ne reconnaissait ni sa mère ni Marc
au chevet de son lit, dans cette chambre de jeune fille, si joyeuse
autrefois, si triste à présent. Était-ce un délire passager, une
crise dont les soins triompheraient... Était-ce une folie incu-
rable?... qui l'eût pu dire?...

Sa faiblesse était extrême, comme si les ressorts de la vie
eussent été brisés en elle. Étendue sur son lit, presque sans
mouvement, à peine si sa main se relevait pour retomber aussitôt.
On se demandait alors si elle ne cherchait pas à soulever ce voile
de l'inconscience qui l'enveloppait... si sa volonté n'essayait pas
de se manifester une dernière fois... Marc se penchait sur elle, il

lui parlait, il essayait de surprendre une réponse sur ses lèvres, un signe dans ses yeux... et rien... rien!...

Quant à Mme Roderich, chez elle, la mère l'avait emporté sur la femme. Elle se soutenait par une extraordinaire force morale. À peine si elle donnait quelques heures au repos, parce que son mari l'y obligeait, et quel sommeil, troublé par les cauchemars, interrompu au moindre bruit!... Elle croyait entendre marcher dans sa chambre, elle se disait qu'il était là, lui, qu'il avait pénétré dans l'hôtel... et qu'il rôdait autour de sa fille!... Alors elle se relevait, et ne reprenait un peu d'assurance qu'après avoir vu ou le docteur ou Marc, veillant au chevet de Myra... Et si cela durait des semaines, des mois, pourrait-elle y résister?...

Chaque jour, plusieurs des confrères du docteur Roderich venaient en consultation. L'un d'eux, aliéniste en renom, avait été appelé de Budapest. La malade longuement et minutieusement examinée, il n'avait pu se prononcer sur cette inertie intellectuelle. Pas de réaction, pas de crises. Non!... une indifférence à toutes les choses extérieures, une inconscience complète, une tranquillité de morte, devant laquelle l'art demeurait impuissant.

Mon frère occupait maintenant une des chambres de l'annexe, et peut-être serait-il plus juste de dire la chambre de Myra, dont il ne voulait pas s'éloigner. Je ne quittais guère l'hôtel, si ce n'est pour me rendre à la Maison de Ville. M. Stepark me tenait au courant de tout ce qui se disait à Ragz. Par lui, je savais que la population était en proie aux plus vives appréhensions. Ce n'était plus seulement Wilhelm Storitz, mais une bande d'invisibles, formée par lui, qui avaient envahi la ville, livrée sans défense à leurs infernales machinations!... Ah! si l'un d'eux avait pu être saisi, on l'eût écharpé!

Je me rencontrais plus rarement, depuis les incidents de la cathédrale, avec le capitaine Haralan. Je ne le voyais qu'à l'hôtel Roderich. Ce que je savais, c'est que, sous l'obsession d'une idée fixe, il parcourait incessamment la ville, et ne me demandait plus de l'accompagner. Avait-il donc formé quelque projet dont il craignait que je voulusse le détourner?... Comptait-il sur le plus invraisemblable des hasards pour rencontrer Wilhelm Storitz?... Attendait-il que ce malfaiteur fût signalé à Spremberg ou autre part, pour tenter de le rejoindre?... Mais je n'aurais pas essayé de le retenir... Non! je l'aurais accompagné... je l'aurais aidé à nous débarrasser de cette bête fauve!

Cette éventualité avait-elle quelque raison de se produire?... Non, assurément. Ni à Ragz ni ailleurs!

Dans la soirée du 18, j'eus une longue conversation avec mon frère. Il m'avait paru plus accablé que jamais, et je craignais qu'il ne tombât sérieusement malade. Il aurait fallu l'entraîner loin de cette ville, le ramener en France, et comment eût-il consenti à se séparer de Myra?... Mais, enfin, était-il donc impossible que la famille Roderich s'éloignât de Ragz pour quelque temps?... La question ne méritait-elle pas d'être étudiée?... J'y pensais et je me promettais d'en parler au docteur.

Enfin, ce jour-là, en terminant notre entretien, je dis à Marc:

«Mon pauvre frère, je te vois prêt à perdre tout espoir, et tu as tort... La vie de Myra n'est pas en danger... les médecins sont d'accord là-dessus... Si sa raison l'a abandonnée, c'est momentanément, crois-le bien... Elle reprendra possession de son intelligence... elle reviendra à elle... à toi... à tous les siens...

— Tu veux que je ne désespère pas, me répondit Marc, d'une voix étouffée par les sanglots. Myra... ma pauvre Myra... recouvrer la raison!... Dieu t'entende!... Mais ne sera-t-elle pas toujours à la merci de ce monstre?... Crois-tu donc que sa haine soit apaisée par ce qu'il a fait jusqu'ici?... Et s'il veut pousser plus loin sa vengeance... et s'il veut?... Tiens, Henry... comprends-moi... je ne sais te dire!... Il peut tout, et nous sommes sans défense contre lui... Il peut tout... tout!...

— Non... non! m'écriai-je – et, je l'avoue, je répondais contre ma propre pensée... Non, Marc, il n'est pas impossible de se garantir... d'échapper à ses menaces.

— Et comment... Comment?... reprit Marc en s'animant. Non, Henry, tu ne dis pas ce que tu penses... Tu parles contre toute raison!... Non! nous sommes désarmés devant ce misérable!... Il est à Ragz... Il peut, à tout instant, entrer dans l'hôtel sans être vu...!»

L'exaltation de Marc ne me permettait plus de lui répondre. Il n'écoutait que lui.

«Non, Henry, répétait-il, tu cherches à t'aveugler sur cette situation... Tu refuses de la voir telle qu'elle est!...»

Puis, me saisissant les mains:

«Et qui te dit qu'en ce moment il n'est pas dans l'hôtel?... Je ne vais pas d'une chambre à l'autre, dans la galerie... dans le jardin... sans penser qu'il me suit peut-être!... Il me semble que quelqu'un marche près de moi!... quelqu'un qui m'évite... qui recule lorsque j'avance... et quand je veux le saisir... je ne trouve plus rien... rien!»

Il allait, il se jetait à la poursuite d'un être invisible. Je ne savais plus que faire pour le calmer!... Le mieux eût été de l'entraîner hors de l'hôtel... de l'emmener loin... bien loin...

«Et, reprit-il, qui sait s'il n'a pas entendu tout ce que nous venons de dire alors que nous nous croyions seuls?... Tiens... derrière cette porte j'entends des pas... Il est là... À nous deux, viens!... Nous le saisirons... et je le frapperai! je le tuerai... Mais... ce monstre... est-ce possible... et la mort a-t-elle prise sur lui?...»

Voilà où en était mon frère, et n'avais-je pas lieu de redouter que sa raison succombât dans une de ces crises?...

Ah! pourquoi fallait-il que cette découverte de l'invisibilité eût été faite... que l'homme eût entre les mains une telle arme, comme s'il n'était pas déjà trop armé pour le mal!

Enfin, j'en revenais toujours à mon projet: décider la famille Roderich à partir... entraîner loin de cette ville maudite Myra qui avait perdu la raison, Marc qui était menacé de la perdre!

Cependant, bien qu'aucun autre incident ne se fût produit depuis que Wilhelm Storitz avait pour ainsi dire crié du haut du beffroi: Je suis là... toujours là!, l'épouvante avait envahi toute la population. Pas une maison qui ne se crût hantée par l'invisible! Et il n'était pas seul!... et il avait une bande à ses ordres!... Les églises n'offraient même pas un asile où l'on pût se réfugier, après ce qui s'était passé à la cathédrale!... Les journaux essayaient bien de réagir, ils n'y réussissaient pas, et que peut-on contre la terreur?...

Et voici un fait qui montre à quel degré d'affolement les esprits en étaient arrivés.

Le 19, dans la matinée, j'avais quitté l'hôtel Temesvar pour aller chez le chef de police.

Arrivé à la rue du Prince Miloch, deux cents pas avant la place Saint-Michel, j'aperçus le capitaine Haralan, et l'ayant rejoint:

«Je vais chez M. Stepark, lui dis-je. M'y accompagnez-vous, capitaine?...»

Sans me répondre, machinalement, il prit la même direction que moi, et nous approchions de la place Liszt, lorsque des cris d'effroi se firent entendre.

Un char à bancs, attelé de deux chevaux, descendait la rue avec une vitesse excessive. Les passants se sauvaient à droite et à gauche au risque d'être écrasés. Sans doute le conducteur du char à bancs avait été jeté à terre, et les chevaux, abandonnés à eux-mêmes, s'étaient emportés.

Eh bien, le croirait-on, l'idée vint à quelques passants, non moins emballés que l'attelage, qu'un être invisible conduisait cette voiture... que Wilhelm Storitz en occupait le siège, et ce cri arriva jusqu'à nous: «Lui!... lui!... c'est lui!...»

Je n'avais pas eu le temps de me retourner vers le capitaine Haralan qu'il n'était déjà plus près de moi, et je le vis se précipiter vers le char à bancs afin de l'arrêter au moment où il passerait près de lui.

La rue était très fréquentée à cette heure. Ce nom: Wilhelm Storitz!... Wilhelm Storitz! retentissait de toutes parts! et telle fut la surexcitation générale que des pierres volèrent contre la voiture, auxquelles se joignirent quelques coups de revolver tirés d'un magasin à l'angle de la rue du Prince Miloch.

Un des chevaux tomba, frappé d'une balle à la cuisse, et le char à bancs, heurtant le corps de l'animal, fut culbuté.

Aussitôt, la foule de s'élancer sur la voiture, de s'accrocher aux roues, à la caisse, aux brancards... et vingt bras s'ouvrirent pour saisir Wilhelm Storitz... Personne!...

Avait-il donc pu sauter hors du char à bancs avant qu'il n'eût été renversé, car il n'était pas douteux qu'il avait voulu épouvanter la ville en la traversant au galop de ce fantastique attelage!...

Il n'en était rien, cette fois, il fallut bien le reconnaître. À quelques instants de là, accourait un paysan de la Puszta, dont les chevaux, arrêtés au marché Coloman, s'étaient emportés, et quelle fut sa colère lorsqu'il vit l'un d'eux étendu sur le sol!...

On ne voulait pas l'entendre et je crus que la foule allait maltraiter ce pauvre homme que nous eûmes quelque peine à mettre en sûreté.

Je pris le capitaine Haralan par le bras, et, sans mot dire, il me suivit à la Maison de Ville.

M. Stepark était déjà informé de ce qui venait de se passer rue du Prince Miloch.

«La ville est affolée, me dit-il, et jusqu'où ira cet affolement... qui peut le prévoir!...»

Alors, je posai mes questions habituelles:

«Avez-vous appris quelque chose de nouveau?...

— Oui, répondit M. Stepark, en me tendant un numéro du *Wienner Extrablatt*.

— Et que dit ce journal?...

— Il signale la présence de Wilhelm Storitz à Spremberg...

— À Spremberg?» s'écria le capitaine Haralan, qui lut rapidement l'article, et se retourna vers moi:

«Partons! dit-il... J'ai votre promesse... Dans la nuit nous serons à Spremberg...»

Je ne savais trop que répondre, ayant la conviction que ce voyage serait inutile.

«Attendez, capitaine, dit M. Stepark. J'ai demandé à Spremberg la confirmation de cette nouvelle, et un télégramme peut m'arriver d'un instant à l'autre.»

Trois minutes ne s'étaient pas écoulées que le planton remettait une dépêche au chef de police.

La nouvelle donnée par le journal ne reposait sur rien de sérieux. Non seulement la présence de Wilhelm Storitz n'avait pas été constatée à Spremberg, mais on croyait qu'il n'avait pas dû quitter Ragz.

«Mon cher Haralan, déclarai-je, je vous ai promis et je tiendrai ma promesse. Mais, en ce moment, votre famille a besoin que nous restions près d'elle.»

Le capitaine Haralan prit congé de M. Stepark, et je revins seul à l'hôtel Temesvar.

Il va sans dire que les journaux de Ragz, à propos de cet incident de la voiture, s'empressèrent d'en donner la véritable explication, mais je ne suis pas certain qu'elle ait convaincu tout le monde!

Deux jours s'écoulèrent, et il ne s'était produit aucun changement dans l'état de Myra Roderich. Quant à mon frère, il me parut un peu plus calme. Moi, j'attendais l'occasion d'entretenir le docteur d'un projet de départ auquel j'espérais le rallier.

La journée du 21 mai fut moins paisible que les deux précédentes, et, cette fois, les autorités sentirent toute leur impuissance à retenir une foule montée à ce degré d'exaltation.

Vers onze heures, alors que je me promenais sur le quai Bathiany, ces propos frappèrent mon oreille:

«Il est revenu... il est revenu!»

Qui était cet «il», cela se devinait, et, des deux ou trois passants auxquels je m'adressai:

«On vient de voir une fumée à la cheminée de sa maison! dit l'un.

— On a vu sa figure derrière les rideaux du belvédère!» affirma l'autre.

Qu'il fallût ou non ajouter foi à ces racontars, je me dirigeai vers le boulevard Téléki.

Et pourtant, quelle apparence que Wilhelm Storitz se fût si imprudemment montré! Il ne pouvait ignorer ce qui l'attendait si l'on parvenait à mettre la main sur lui!... Et il aurait couru ce risque, lorsque rien ne l'y obligeait, et il se serait laissé apercevoir à l'une des fenêtres de son habitation?...

Vraie ou fausse, la nouvelle avait produit son effet. Lorsque je fus arrivé, plusieurs centaines de personnes cernaient déjà la maison par le boulevard et par le chemin de ronde. Bientôt des détachements de police accoururent sous les ordres de M. Stepark; ils ne purent suffire à contenir la foule, à faire évacuer le boulevard. De tous les côtés arrivaient des masses d'hommes et de femmes, surexcitées au dernier point, faisant entendre des cris de mort.

Que pouvaient les autorités devant cette conviction irraisonnée mais indéracinable qu'il était là, «lui»! peut-être avec son serviteur Hermann... peut-être avec ses complices... Et la foule entourait de si près la maison maudite que pas un d'eux ne parviendrait à s'enfuir... à passer sans être saisi au passage!... D'ailleurs, si Wilhelm Storitz avait été aperçu aux fenêtres du belvédère, c'était sous sa forme matérielle et, avant qu'il n'eût pu se rendre invisible, il serait pris et, cette fois, n'échapperait pas à la vengeance populaire!...

Bref, malgré la résistance des agents, malgré les efforts du chef de police, la grille fut forcée, la maison envahie, les portes enfoncées, les fenêtres arrachées, les meubles jetés dans le jardin et dans la cour, les appareils du laboratoire mis en pièces; puis les flammes dévorèrent l'étage supérieur, tourbillonnèrent au-dessus de la toiture, et bientôt le belvédère s'écroula dans la fournaise.

Quant à Wilhelm Storitz, c'est en vain qu'on l'avait cherché dans l'habitation, dans la cour, dans le jardin... Il n'y était pas ou du moins on ne put le découvrir, ni lui ni personne...

Maintenant la maison s'anéantissait dans cet incendie allumé en dix endroits, et une heure après, il n'en restait plus que les quatre murs.

Et, qui sait s'il ne valait pas mieux qu'elle fût détruite... s'il ne s'ensuivrait pas une détente des esprits... si la population ragzienne n'en arriverait pas à croire que Wilhelm Storitz, tout invisible qu'il fût, avait péri dans les flammes?...

Toutefois M. Stepark était parvenu à sauver en grande partie les papiers qui se trouvaient dans le cabinet de travail. Ils furent transportés à la Maison de Ville, et, en les consultant, ne parviendrait-on pas à découvrir ce secret... ou les secrets d'Otto Storitz... dont le fils faisait un si malfaisant usage!...

XV

Après la destruction de la maison Storitz, il m'a semblé que l'état de nervosisme de Ragz s'était quelque peu détendu. On se rassurait en ville. Faute d'avoir pu mettre la main sur ce personnage, on avait incendié sa demeure, non sans regretter qu'il n'eût pas brûlé avec elle. Et encore, – quelques braves citadins doués d'une certaine puissance imaginative s'obstinaient à le croire, – pourquoi n'aurait-il pas été dans la maison au moment où elle était envahie par la foule, et pourquoi, même invisible, n'aurait-il pas péri dans les flammes?...

La vérité est qu'en fouillant les décombres, en remuant les cendres, on ne trouva rien qui fût de nature à justifier cette opinion. Si Wilhelm Storitz avait assisté à l'incendie, c'était de quelque endroit où le feu ne pouvait l'atteindre.

Cependant, de nouvelles lettres, d'autres dépêches reçues de Spremberg par le chef de police, s'accordèrent sur ce point: c'est que Wilhelm Storitz n'avait pas reparu dans sa ville natale, que son serviteur Hermann n'y avait pas été signalé, qu'on ignorait absolument où tous deux s'étaient réfugiés. Il était possible, en somme, qu'ils n'eussent pas quitté Ragz.

Par malheur, je le répète, si un calme relatif régnait dans la ville, il n'en était pas ainsi à l'hôtel Roderich. L'état mental de notre pauvre Myra ne s'améliorait aucunement. Inconsciente de ses actes, indifférente aux soins qu'on ne cessait de lui donner, elle ne reconnaissait personne. Aussi les médecins n'osaient-ils s'abandonner au moindre espoir. Pas de crise d'ailleurs, pas d'accès qu'ils eussent pu combattre, de manière à provoquer une réaction probablement salutaire!...

Toutefois, la vie de Myra ne paraissait pas menacée, bien qu'elle fût toujours d'une extrême faiblesse. Elle restait étendue sur son lit, presque sans mouvement, pâle comme une morte. Si on essayait de la lever, des sanglots gonflaient sa poitrine, l'effroi se peignait dans ses yeux, ses bras se tordaient, des phrases décousues s'échappaient de ses lèvres. La mémoire lui revenait-elle alors? Revoyait-elle au milieu des troubles de son esprit les scènes de la soirée de fiançailles, les scènes de la cathédrale?... Entendait-elle les menaces proférées contre elle et contre Marc?... Et peut-être eût-il été désirable qu'il en fût ainsi, et que, tout au moins, son intelligence eût conservé le souvenir du passé! Nous ne pouvions rien attendre que du temps, et le temps ferait-il ce que les soins n'avaient pu faire jusqu'ici?...

On voit quelle était maintenant l'existence de cette malheureuse famille! Mon frère ne quittait plus l'hôtel. Il restait près de Myra, avec le docteur, avec Mme Roderich, il lui faisait prendre de sa main un peu de nourriture, il cherchait si quelque lueur de raison reparaissait dans son regard...

J'aurais voulu obtenir de Marc qu'il sortît, ne fût-ce qu'une heure, mais je me serais heurté à un refus. Je ne le voyais donc que pendant mes visites à l'hôtel Roderich, et il en était de même du capitaine Haralan.

Dans l'après-midi du 22, j'errais seul à travers les rues de la ville, au hasard, et n'était-ce pas du seul hasard qu'on pouvait attendre un changement quelconque à cette situation?...

L'idée me vint alors de passer sur la rive droite du Danube, une excursion projetée que les circonstances ne m'avaient pas encore permis de faire et dont je ne profiterais guère d'ailleurs dans l'état d'esprit où je me trouvais. Je me dirigeai donc vers le pont, je traversai l'île Svendor, et je mis le pied sur la rive serbienne.

Devant mes yeux s'étendait cette magnifique campagne, cultures et pâturages en pleine verdure à cette époque de l'année. Il y a lieu d'observer des points de ressemblance entre les populations rurales de la Serbie et de la Hongrie. Même beaux types, même attitude, les hommes, au regard un peu dur, à la démarche militaire, les femmes de prestance superbe. Mais c'est un pays où les passions politiques sont peut-être plus vives que dans le royaume magyar, chez les paysans autant que chez les citadins. La Serbie est considérée comme le vestibule de l'Orient, dont Belgrade, la cité administrative, est la porte. Si elle est sous la dépendance nominale de la Turquie, à laquelle elle paie un tribut annuel de trois cent mille francs, elle n'en est pas moins restée l'agglomération chrétienne la plus considérable de l'Empire ottoman. De cette race serbienne, si remarquablement douée d'aptitudes militaires, un écrivain français a justement dit: S'il est un pays d'où l'on puisse faire sortir des bataillons en frappant la terre du pied, c'est bien cette province patriote et guerrière. Le Serbe naît soldat, vit soldat, meurt soldat et en soldat. N'est-ce pas d'ailleurs vers Belgrade, sa capitale, que se tendent toutes les aspirations de la race slave, et si, un jour, cette race se lève contre la race germanique, si la révolution éclate, ce sera la main d'un Serbe qui tiendra le drapeau de l'indépendance.

Ces choses me revinrent à la pensée, tandis que je suivais la berge du Meuve, laissant à gauche ces vastes plaines qu'un regrettable déboisement a substituées aux forêts, et en dépit de ce proverbe national: «qui tue un arbre, tue un Serbe!»

Et le souvenir de Wilhelm Storitz me poursuivait également. Je me demandais s'il ne s'était pas réfugié dans l'une de ces villas qui se montraient à travers la campagne, s'il n'avait pas repris là sa forme visible. Mais non! Son histoire était aussi connue de ce côté du Danube que de l'autre, et si on les y eût revus, son serviteur Hermann et lui, la police serbe n'aurait pas hésité à les arrêter et à les livrer à la police hongroise.

Vers six heures, je revins au pont dont je franchis la première partie, et je descendis la grande allée centrale de l'île Svendor.

À peine avais-je fait une dizaine de pas, que j'aperçus M. Stepark. Il était seul, il vint à moi, et la conversation s'engagea aussitôt sur le sujet qui nous préoccupait tous les deux.

Il ne savait rien de nouveau, et nous fûmes d'accord que la ville commençait à se remettre de son effarement des derniers jours.

Tout en causant, notre promenade durait depuis trois quarts d'heure environ, et nous avions atteint la pointe septentrionale de l'île. Le soir tombait, l'ombre s'épaississait sous les arbres, les allées devenaient désertes, les chalets se fermaient pour la nuit, nous ne rencontrions plus personne.

L'heure était venue de rentrer à Ragz, et nous allions nous diriger vers le pont, lorsque quelques paroles arrivèrent à nos oreilles.

Je m'arrêtai soudain, et j'arrêtai M. Stepark, dont je pris le bras; puis, me penchant de manière à n'être entendu que de lui:

«Écoutez... on parle... et cette voix... c'est la voix de Wilhelm Storitz.

— Wilhelm Storitz? répondit le chef de police sur le même ton.

— Oui, monsieur Stepark.

— Si c'est lui, il ne nous a pas aperçus, et il ne faut pas qu'il nous aperçoive!...

— Il n'est pas seul...

— Non... son serviteur sans doute!»

M. Stepark m'entraîna le long du massif, en glissant au ras du sol.

L'obscurité nous protégeait, d'ailleurs, et nous pourrions entendre sans être vus.

Bientôt nous étions cachés dans un écartement du massif, à dix pas environ de l'endroit où devait se trouver Wilhelm Storitz; et si nous ne vîmes personne, c'est que son interlocuteur et lui étaient invisibles.

Ainsi, il était à Ragz, et avec Hermann, car nous en eûmes bientôt la certitude.

Jamais pareille occasion ne s'était encore offerte de le surprendre, peut-être d'apprendre ce qu'il projetait, peut-être de savoir où il demeurait depuis l'incendie de sa maison, peut-être enfin de s'emparer de sa personne...

Assurément il ne pouvait soupçonner que nous fussions là, à même de l'entendre. À demi couchés entre les branches, osant à peine respirer, nous écoutions avec une indicible émotion les paroles échangées, plus ou moins distinctes selon que le maître et le serviteur s'éloignaient ou se rapprochaient en se promenant le long du massif.

Et voici la première phrase qui nous arriva – phrase prononcée par Wilhelm Storitz:

«Nous pourrons y entrer dès demain?...

— Dès demain, répondit Hermann, et personne ne saura qui nous sommes.»

Il va sans dire que tous deux s'exprimaient en allemand, langue que nous comprenions, M. Stepark et moi.

«Et depuis quand es-tu revenu à Ragz?...

— Depuis ce matin. Il était convenu que vous seriez à cette place dans l'île Svendor, et à cette heure où il n'y a plus personne...

— Tu as rapporté la liqueur?...

— Oui... deux fioles que j'ai mises sous clef dans la maison...

— Et cette maison, elle est louée?...

— Sous mon nom!

— Tu assures, Hermann, que nous pouvons l'habiter visiblement, et que nous ne sommes pas connus à...»

Le nom de la ville qu'allait prononcer Wilhelm Storitz, à notre grande déception, nous ne pûmes l'entendre, parce que les voix s'étaient éloignées, et lorsqu'elles se rapprochèrent, Hermann répétait:

«Non, il n'y a rien à craindre... la police de Ragz ne peut nous découvrir sous les noms que j'ai donnés...»

La police de Ragz? c'était donc une ville hongroise qu'ils allaient encore habiter?...

Puis le bruit des pas diminua, et ils s'éloignèrent, ce qui permit à M. Stepark de me dire:

«Quelle ville?... quels noms?... voilà ce qu'il faudrait apprendre...

— Et aussi, ajoutai-je, pourquoi tous deux sont revenus à Ragz?» car cela me semblait surtout inquiétant pour la famille Roderich.

Et, précisément, lorsqu'ils se rapprochèrent:

«Non, je ne quitterai pas Ragz, disait Wilhelm Storitz d'une voix où l'on sentait toute sa rage, tant que ma haine contre cette famille ne sera pas assouvie... tant que Myra et ce Français...»

Il n'acheva pas cette phrase, ou plutôt ce fut comme un rugissement qui s'échappa de sa poitrine! À ce moment, il se trouvait près de nous, et peut-être eût-il suffi d'étendre la main pour le saisir! Mais notre attention fut alors attirée par ces paroles d'Hermann.

«On sait maintenant à Ragz que vous avez le pouvoir de vous rendre invisible, si on ignore par quel moyen...

— Et cela... on ne le saura jamais... jamais! répondit Wilhelm Storitz, et Ragz n'en a pas fini avec moi!... Après la famille, la ville!... Ah parce qu'ils ont brûlé ma maison, ils croient qu'ils ont brûlé mes secrets!... Les fous! Non!... Ragz n'évitera pas ma vengeance, et je n'en laisserai pas pierre sur pierre!...»

Cette phrase si menaçante pour la ville était à peine achevée que les branches du massif s'écartaient violemment. M. Stepark venait de s'élancer dans la direction des voix, à trois pas de nous. Et, en effet, tandis que je me dégageais, il cria:

«J'en tiens un, monsieur Vidal. À vous l'autre!»

Pas de doute, ses mains s'étaient abattues sur un corps parfaitement tangible sinon visible... Mais il fut repoussé avec une extrême violence et serait tombé si je ne l'eusse retenu par le bras.

Je crus alors que nous allions être attaqués dans des conditions très désavantageuses, puisque nous ne pouvions voir nos agresseurs. Il n'en fut rien. Un rire ironique se fit entendre, sur la gauche, avec un bruit de pas qui s'éloignaient.

«Coup manqué! s'écria M. Stepark, mais nous savons que, même quand on ne les voit pas, on peut les appréhender au corps!...»

Par malheur, ils nous avaient échappé, et nous ne connaissions pas le lieu de leur retraite. Ce que nous savions, c'était que la famille Roderich, comme la ville de Ragz, étaient encore à la merci de ce malfaiteur!

M. Stepark et moi, nous redescendîmes l'île Svendor et, après avoir franchi le pont, nous nous séparâmes sur le quai Bathiany.

Le soir même, avant neuf heures, j'étais à l'hôtel, seul avec le docteur, tandis que Mme Roderich et Marc veillaient au chevet de Myra. Il importait que le docteur fût immédiatement mis au courant de ce qui venait de se passer à l'île Svendor et informé de la présence de Wilhelm Storitz à Ragz.

Je lui dis tout, et il comprit que devant les menaces de cet homme, devant sa volonté de poursuivre son œuvre de vengeance contre la famille Roderich, l'obligation de quitter Ragz s'imposait. Il fallait partir... partir secrètement... plutôt aujourd'hui que demain!

«Ma seule question, dis-je, est celle-ci: Mlle Myra est-elle à même de supporter les fatigues d'un voyage?...»

Le docteur avait baissé la tête, et, après un long silence de réflexion, il me fit cette réponse:

«La santé de ma fille n'est point altérée... elle ne souffre pas... sa raison seule a été atteinte, mais j'espère, avec le temps...

— Avec le calme surtout, déclarai-je, et où le trouver plus sûrement qu'en un autre pays, où elle n'aura plus rien à craindre... Où elle sera entourée des siens, avec Marc, son mari... car ils sont unis par un lien que rien ne peut briser...

— Rien, monsieur Vidal! Mais le danger sera-t-il évité par notre départ, et Wilhelm Storitz ne peut-il nous suivre?...

— Non... si nous gardons le secret et sur la date du départ... et sur le voyage...

— Secret», murmura le docteur Roderich.

Et ce seul mot indiquait qu'il se demandait, comme l'avait fait mon frère, si un secret pouvait être gardé vis-à-vis de Wilhelm Storitz... si, en ce moment, il n'était pas dans ce cabinet, entendant ce que nous disions, et préparant quelque nouvelle machination pour empêcher ce voyage?...

Bref, le départ fut décidé. Mme Roderich n'y fit aucune objection. Il lui tardait que Myra eût été transportée dans un autre milieu... loin de Ragz!

Du côté de Marc, il n'y eut pas une hésitation. D'ailleurs, je ne lui parlai pas de notre rencontre à l'île Svendor avec Wilhelm Storitz et Hermann. Cela me parut inutile. Je me contentai de tout raconter au capitaine Haralan, lorsqu'il rentra.

«Il est à Ragz!» s'écria-t-il.

Quant au voyage, aucune objection de sa part. Il l'approuvait et ajouta:

«Vous accompagnerez sans doute votre frère?...

— Puis-je faire autrement, et ma présence n'est-elle pas indispensable près de lui comme la vôtre près de...

— Je ne partirai pas, répondit-il du ton d'un homme dont la résolution est absolument irrévocable.

— Vous ne partirez pas?...

— Non... je veux... je dois rester à Ragz... puisqu'il est à Ragz... et j'ai le pressentiment que je fais bien d'y rester!»

Il n'y avait pas à discuter un pressentiment et je ne discutai pas.

«Soit, capitaine...

— Je compte sur vous, mon cher Vidal, pour me remplacer auprès de ma famille, qui est déjà la vôtre...

— Comptez sur moi!»

Le lendemain, je me rendis à la gare où je retins un compartiment pour le train de 8 h 57 du soir, un express qui pendant la nuit ne stationnait qu'à Budapest et arriverait dans la matinée à Vienne. Là nous prendrions l'Express Orient dans lequel je fis réserver un autre compartiment par dépêche.

Puis j'allai voir M. Stepark que j'instruisis de nos projets.

«Vous faites bien, me dit-il, et il est regrettable que toute la ville ne puisse en faire autant!»

Le chef de police était visiblement inquiet, et non sans motif, après ce que nous avions entendu hier.

Je fus de retour à l'hôtel Roderich vers sept heures, et je m'assurai que tous les préparatifs du départ étaient achevés.

À huit heures, un landau fermé attendait, où allaient prendre place M. et Mme Roderich, Marc et Myra, toujours dans le même état d'inconscience... Le capitaine Haralan et moi, une autre voiture devait nous conduire à la gare par un autre chemin, afin de ne point éveiller l'attention.

Lorsque le docteur et mon frère entrèrent dans la chambre de Myra pour la transporter au landau, Myra avait disparu!...

XVI

Myra disparue!...

Lorsque ce cri retentit dans l'hôtel, il sembla qu'on n'en comprit pas d'abord la signification. Disparue?... cela n'avait pas de sens... c'était invraisemblable...

Il y a une demi-heure, Mme Roderich et Marc étaient encore dans la chambre où Myra reposait sur son lit, déjà revêtue de son costume de voyage, calme, la respiration régulière, à faire croire qu'elle dormait. Un peu avant, elle avait pris quelque nourriture de la main de Marc...

Le repas achevé, le docteur et mon frère étaient remontés afin de la transporter dans le landau... Ils ne la voient plus sur son lit... la chambre est vide...

«Myra!» s'écrie Marc, en se précipitant vers la fenêtre...

La fenêtre est fermée, la porte aussi.

Aussitôt Mme Roderich accourt, puis le capitaine Haralan.

Et alors ce nom est jeté à travers l'hôtel:

«Myra... Myra?...»

Que Myra n'ait pas répondu, cela se comprend, et ce n'est pas une réponse qu'on attend d'elle. Mais qu'elle ne soit plus dans sa chambre, comment l'expliquer?... Est-il possible qu'elle ait quitté son lit... qu'elle ait traversé la chambre de sa mère, qu'elle ait descendu l'escalier, sans avoir été aperçue?...

Je m'occupais à disposer les menus bagages dans le landau, lorsque les cris retentirent, et je remontai au premier étage.

Mon frère allait et venait, comme un fou, répétant d'une voix brisée:

«Myra... Myra!»

«Myra?... demandai-je. Que dis-tu... que veux-tu, Marc?...»

Le docteur eut à peine la force de me répondre:

«Ma fille... disparue!»

Il fallut déposer sur son lit Mme Roderich qui avait perdu connaissance.

Le capitaine Haralan, la figure convulsée, les yeux hagards, vint à moi, et me dit:

«Lui... lui toujours!»

Cependant, j'essayai de réfléchir. Je n'avais pas quitté la porte de la galerie devant laquelle stationnait le landau, et comment Myra aurait-elle pu franchir cette porte pour gagner celle du jardin sans être vue de moi? Wilhelm Storitz, invisible, soit!... Mais elle... elle?...

Je redescendis dans la galerie, et j'appelai les domestiques. La porte du jardin, donnant sur le boulevard Téléki, fut fermée à double tour, et j'en retirai la clef. Puis, la maison tout entière, les combles, les caves, les annexes, la tour jusqu'à la terrasse, je la parcourus et ne laissai pas un coin inexploré. Après la maison, ce fut le jardin...

Personne, personne!

Je revins près de Marc. Mon pauvre frère pleurait à chaudes larmes, il éclatait en sanglots!

Mais il était urgent que le chef de police fût prévenu afin de mettre ses agents en campagne.

«Je vais à la Maison de Ville... Venez!» dis-je au capitaine Haralan.

Nous descendîmes au rez-de-chaussée. Le landau attendait, et nous y prîmes place. Dès que la grande porte nous eut livré passage, le landau partit au galop de son attelage et, en quelques minutes, arriva sur la place Liszt.

M. Stepark était encore dans son cabinet, et je le mis au courant.

Cet homme, habitué à ne s'étonner de rien, ne put se retenir.

«Mlle Roderich disparue! s'écria-t-il.

— Oui... répondis-je. Cela paraît impossible et cela est! Elle a été enlevée par Wilhelm Storitz!... Il a pénétré dans l'hôtel, invisible, et il en est sorti invisible, soit! Mais... elle... ne l'était pas!...

— Et qu'en savez-vous?» dit M. Stepark.

Cette réponse, qui échappait à M. Stepark comme si une révélation se fût faite en son esprit, n'était-elle pas la seule logique, la seule vraie?... Est-ce que Wilhelm Storitz n'avait pas le pouvoir de rendre les gens invisibles comme lui?... Est-ce que nous n'avions pas toujours cru à l'invisibilité de son serviteur Hermann comme à la sienne?

«Messieurs, dit M. Stepark, voulez-vous revenir avec moi à l'hôtel?...

— À l'instant, répondis-je.

— Je suis à vous, messieurs... le temps de donner quelques ordres.»

Le chef de police fit appeler un brigadier et lui commanda de se rendre à l'hôtel Roderich avec une escouade de police. Il devrait y demeurer en surveillance toute la nuit. Puis le landau nous ramena tous les trois chez le docteur.

Les plus minutieuses perquisitions furent refaites à l'intérieur, à l'extérieur. Elles n'aboutirent pas, elles ne pouvaient aboutir!... Mais une observation fut faite par M. Stepark, dès son entrée dans la chambre de Myra.

«Monsieur Vidal, me dit-il, est-ce que vous ne sentez pas une odeur particulière, et qui a déjà affecté notre odorat quelque part?...»

En effet, il restait dans l'air comme une vague senteur. Le souvenir me revint et je m'écriai:

«L'odeur de cette liqueur que contenait la fiole qui s'est brisée, monsieur Stepark, au moment où vous alliez la prendre dans le laboratoire.

— Oui, monsieur Vidal, et cette liqueur est celle qui provoque l'invisibilité; et Wilhelm Storitz a rendu Mlle Myra Roderich invisible et il l'a emportée aussi invisible qu'il l'était lui-même!...»

Nous étions atterrés! Les choses avaient dû se passer ainsi, et je ne mis plus en doute que Wilhelm Storitz ne fût dans son laboratoire pendant la perquisition et qu'il n'eût brisé cette fiole dont la liqueur s'était si vite évaporée plutôt que de la laisser en notre possession!...

Oui! C'était bien cette odeur inconnue dont nous retrouvions ici la trace!... Oui! Wilhelm Storitz était venu dans cette chambre, et il avait enlevé Myra Roderich!

Quelle nuit, moi, près de mon frère, le docteur près de Mme Roderich, et avec quelle impatience nous attendions le jour!

Le jour?... Et à quoi nous servirait qu'il fît jour?... Est-ce que la lumière existait pour Wilhelm Storitz?... Est-ce qu'elle lui rendait sa visibilité?... Est-ce qu'il ne savait pas s'entourer d'une nuit impénétrable?...

M. Stepark ne nous quitta qu'au matin pour se rendre à la résidence. Aussi, vers huit heures, le gouverneur vint-il assurer au docteur que tout serait fait dans le but de retrouver sa fille...

Et que pouvait-il?

Cependant, dès le début de la journée, la nouvelle de l'enlèvement avait couru les divers quartiers de Ragz et l'effet qu'elle produisit, je renonce à le dépeindre.

Vers dix heures, le lieutenant Armgard nous rejoignit à l'hôtel et se mit à la disposition de son camarade – pour quoi faire, grand Dieu? Dans tous les cas, si le capitaine Haralan avait l'intention de reprendre ses recherches, du moins ne serait-il plus seul.

Et c'était bien son projet, car dès qu'il vit le lieutenant, il ne lui dit que ce mot:

«Viens.»

Au moment où tous les deux sortaient, je fus pris d'un irrésistible désir de les accompagner.

J'en parlai à Marc... Me comprit-il, je ne sais, dans l'état de prostration où il se trouvait. Je sortis. Les deux officiers étaient déjà sur le quai. Les passants effarés regardaient l'hôtel avec un effroi mêlé d'horreur. N'était-ce pas de là que s'échappait cette tempête d'épouvante qui bouleversait la ville?...

À mon arrivée, le capitaine Haralan me regarda, sans peut-être s'apercevoir de ma présence.

«Vous venez avec nous, monsieur Vidal, me dit le lieutenant Armgard.

— Oui, et vous allez?...»

Cette question resta sans réponse. Où on allait?... mais au hasard... et le hasard ne serait-il pas le plus sûr guide que nous puissions suivre?...

Nous marchions d'un pas incertain, sans échanger une parole.

Après avoir traversé la place Magyare et remonté la rue du Prince Miloch, nous fîmes le tour de la place Saint-Michel sous ses arcades. Parfois, le capitaine Haralan s'arrêtait comme si ses pieds eussent été cloués au sol. Puis il reprenait sa marche indécise.

Au fond de la place, je regardai la cathédrale, ses portes fermées, ses cloches muettes, sinistre au milieu de cet abandon, et qui n'avait pas encore été rendue au culte des fidèles...

En tournant à gauche, nous passâmes derrière le chevet, et, après une courte hésitation, le capitaine Haralan prit la rue Bihar.

Il était comme mort, ce quartier aristocratique de Ragz, à peine quelques passants hâtifs, la plupart des hôtels fenêtres closes, comme en un jour de deuil public.

À l'extrémité de la rue, dans toute son étendue, le boulevard Téléki était désert ou plutôt déserté. On n'y passait plus depuis l'incendie de la maison Storitz.

Quelle direction allait prendre le capitaine Haralan, vers le haut de la ville, du côté du château, ou vers le quai Bathiany, du côté du Danube?...

Soudain, un cri s'échappa de sa bouche:

«Là... là...», répétait-il, l'œil ardent, la main tendue vers les ruines qui fumaient encore...

Le capitaine Haralan s'était arrêté, les yeux chargés de haine! Ces ruines semblaient exercer sur lui une irrésistible attraction, et il s'élança vers la grille à demi démolie.

Un instant après, nous étions tous les trois au milieu de la cour.

Il ne restait plus que des pans de murailles noircis par les flammes, au pied desquelles gisaient des morceaux de charpente carbonisés, des ferrures tordues, des tas de cendres couronnés de légères fumerolles, des débris de mobilier, et, à la pointe du pignon de droite, la tige de la girouette où se découpaient ces deux lettres: W S.

Le capitaine Haralan, immobile, regardait cet amoncellement de choses détruites. Ah! que n'avait-on pu brûler cet Allemand maudit, comme on avait brûlé sa maison, et avec lui le secret de son effroyable découverte! Quel malheur, le plus terrible de tous, eût été épargné à la famille Roderich!...

Le lieutenant Armgard voulut entraîner son camarade dont la surexcitation l'épouvantait.

«Partons, lui dit-il.

— Non! s'écria le capitaine Haralan, qui n'était plus en état de l'entendre. Non!... je veux fouiller ces ruines!... Il me semble que cet homme est là... et que ma sœur est avec lui!... Nous ne le voyons pas, mais il est là... Écoutez... on marche dans le jardin... C'est lui... lui!»

Le capitaine Haralan prêtait l'oreille... il nous faisait signe de ne pas bouger...

Et, n'était-ce qu'une hallucination, mais, moi aussi, je crus entendre des pas sur le sable...

À ce moment, repoussant le lieutenant qui cherchait à l'entraîner, le capitaine Haralan se précipita au milieu des ruines, les pieds dans les cendres et les décombres, et il s'arrêta à l'endroit où se trouvait le laboratoire du rez-de-chaussée du côté de la cour... Et il criait:

«Myra... Myra...»

Et il sembla qu'un écho répétait ce nom...

Je regardai le lieutenant Armgard, au moment où il me regardait pour m'interroger...

À cet instant, le capitaine Haralan traversa les ruines jusqu'au jardin, il descendit les marches d'un bond, et retomba entre les herbes qui traînaient sur la pelouse.

Nous allions le rejoindre, lorsqu'il fit certains mouvements comme s'il se fût heurté contre un obstacle matériel... Il avançait, il reculait, il ouvrait les bras et les refermait, il se courbait, il se redressait, comme un lutteur qui vient de saisir son adversaire à bras-le-corps...

«Je le tiens!» cria-t-il.

Le lieutenant Armgard et moi, nous nous précipitons vers lui, et j'entends les souffles comprimés de sa poitrine...

«Je le tiens, le misérable... je le tiens... répète-t-il. À moi, Vidal... à moi, Armgard!»

Soudain, je me sens repoussé par un bras que je ne vois pas, tandis qu'une bruyante respiration m'arrive en pleine figure!

Non! Oui!... C'est bien une lutte corps à corps! Il est là, l'être invisible... Wilhelm Storitz ou tout autre!... Qui que ce soit, nous le tenons... nous ne le lâcherons plus... nous saurons le contraindre à dire où est Myra!

Ainsi donc, comme je l'ai toujours pensé, s'il a le pouvoir de détruire sa visibilité, du moins sa matérialité subsiste! Ce n'est pas un fantôme, c'est un corps dont nous essayons, au prix de quels efforts, de paralyser les mouvements!... Et Wilhelm Storitz est seul, car si d'autres invisibles eussent été dans le jardin où il s'est laissé prendre, ils se fussent déjà jetés sur nous! Oui... il est seul... mais pourquoi ne s'est-il pas enfui à notre arrivée?... Il a donc été brusquement surpris et saisi par le capitaine Haralan?... Oui... cela doit être!...

À présent, les mouvements de notre invisible adversaire sont paralysés. Je le tiens par un bras, le lieutenant Armgard par l'autre.

«Où est Myra... où est Myra?...» lui crie le capitaine Haralan.

Au lieu de répondre, il cherche à se dégager, et je sens que nous avons affaire à un être très vigoureux qui se débat violemment pour nous échapper, et s'il y réussit, il s'élancera à travers le jardin, à travers les ruines, il gagnera le boulevard, et il faudra renoncer à l'espoir de jamais le reprendre!

«Diras-tu où est Myra?...» répète le capitaine Haralan.

Et alors ces mots se font entendre:

«Jamais!... jamais!»

C'est bien Wilhelm Storitz!... C'est sa voix!...

Cette lutte ne peut durer... Bien que nous soyons trois contre un, nos forces commencent à s'épuiser. À cet instant, le lieutenant Armgard est violemment repoussé, il tombe sur la pelouse, et le bras que je tenais m'échappe. Et voici, avant que le lieutenant Armgard ait pu se relever, que son sabre est brusquement tiré du fourreau, et la main qui le brandit, c'est la main de Wilhelm Storitz... Oui... la colère l'a emporté, il ne cherche plus à s'échapper... il veut tuer le capitaine Haralan!... Celui-ci a saisi son sabre et tous deux sont face à face comme dans un duel, l'un que l'on voit, l'autre qu'on ne voit pas!...

Il nous est impossible d'intervenir dans cet étrange combat, tout au désavantage du capitaine Haralan, puisque, s'il peut parer les coups qui lui sont portés, il ne peut que difficilement les rendre. Aussi ne cherche-t-il qu'à attaquer... à toucher son adversaire sans essayer de se défendre, et les deux sabres sont engagés, l'un tenu par une main visible, l'autre tenu par une main qu'on ne peut voir.

Il est évident que Wilhelm Storitz connaît le maniement de cette arme, et dans un coup de manchette rapidement riposté, le capitaine Haralan est atteint à l'épaule... Mais son sabre a foncé en avant... un cri de douleur retentit... et une masse tombe sur les herbes de la pelouse.

Wilhelm Storitz a été touché probablement en pleine poitrine... Un flot de sang jaillit et, avec la vie qui se retire, voici que ce corps reprend peu à peu sa forme matérielle... reparaît dans les suprêmes convulsions de la mort...

Le capitaine Haralan s'est jeté sur Wilhelm Storitz, et, encore une fois, il crie:

«Myra... ma sœur, où est Myra?...»

Il n'y a plus là qu'un cadavre, la figure convulsée, les yeux ouverts, le regard encore menaçant, – le cadavre visible de l'étrange personnage que fut Wilhelm Storitz!

XVII

Telle a été la tragique fin de Wilhelm Storitz. Mais si la famille Roderich n'a plus rien à craindre de lui, la situation ne s'est-elle pas aggravée avec sa mort?...

Le plus pressé était d'avertir le chef de police, afin qu'il prît les mesures nécessaires, et voici ce qui fut décidé.

Le capitaine Haralan, – il n'était blessé que légèrement, – irait à l'hôtel Roderich et préviendrait son père.

J'irais en toute hâte à la Maison de Ville, où je mettrais M. Stepark au courant de ce qui s'était passé.

Le lieutenant Armgard resterait dans le jardin près du cadavre.

Nous nous séparâmes, et tandis que le capitaine Haralan redescendait le boulevard Téléki, je me dirigeai d'un pas rapide vers la Maison de Ville, en remontant la rue Bihar.

M. Stepark me reçut aussitôt, et lorsque je lui eus fait le récit de cet invraisemblable duel, il me dit, non sans marquer autant de surprise que de doute:

«Ainsi Wilhelm Storitz serait mort?...

— Oui... d'un coup de sabre que le capitaine Haralan lui a porté en pleine poitrine.

— Mort... ce qu'on appelle mort?...

— Venez, monsieur Stepark, et vous verrez de vos yeux...

— Je verrai?...»

Et, certainement, M. Stepark se demandait si j'avais toute ma raison. J'ajoutai alors:

«L'invisibilité n'a pas persisté après la mort, et, à mesure que le sang s'échappait de sa blessure, le corps de Wilhelm Storitz reprenait sa forme humaine...

— Vous l'avez vu?...

— Comme je vous vois et comme vous allez le voir!...

— Partons», répondit le chef de police, après avoir donné ordre au brigadier de le suivre avec une douzaine d'agents.

Le boulevard Téléki, ainsi que je l'ai dit, n'était plus fréquenté depuis l'incendie de la maison Storitz. Personne n'y avait passé depuis que j'étais parti. Aussi la nouvelle ne s'était pas ébruitée, et Ragz ignorait encore qu'elle fût délivrée de ce malfaisant personnage.

Dès que M. Stepark, ses agents et moi, nous eûmes franchi la grille et traversé les ruines, le lieutenant Armgard nous apparut.

Le cadavre était étendu sur l'herbe dans la rigidité de la mort, un peu retourné sur le côté gauche, ses vêtements imbibés de sang, quelques gouttes suintant sur sa poitrine, la face décolorée, le bras droit tenant encore le sabre du lieutenant, l'autre à demi replié, – un cadavre refroidi déjà et bon pour la tombe.

M. Stepark, après l'avoir longuement regardé, dit:

«C'est lui!»

Ses agents s'étaient approchés, non sans quelque appréhension, et ils le reconnurent aussi. Et pour joindre à la certitude de la vue la certitude du toucher, M. Stepark tâta ce cadavre de la tête aux pieds.

«Mort... bien mort!» dit-il.

Puis, s'adressant au lieutenant Armgard:

«Personne n'est venu?...

— Personne, monsieur Stepark.

— Et vous n'avez rien entendu dans ce jardin... aucun bruit de pas?...

— Aucun!»

Il y avait donc tout lieu de croire que Wilhelm Storitz était seul au milieu des ruines de sa maison, lorsque nous l'y avions surpris.

«Et maintenant, monsieur Stepark? demanda le lieutenant Armgard.

— Je vais faire transporter ce corps à la Maison de Ville...

— Publiquement?... dis-je.

— Publiquement, répondit le chef de police. Il faut que tout Ragz sache que Wilhelm Storitz est mort, et on ne le croira qu'après avoir vu passer son cadavre!...

— Et qu'il sera enterré, ajouta le lieutenant Armgard.

— Si on l'enterre!... dit M. Stepark.

— Si on l'enterre?... répétai-je.

— Et d'abord, monsieur Vidal, il convient d'en faire l'autopsie... Qui sait?... En examinant les organes, en analysant le sang du défunt, peut-être découvrira-t-on ce que nous ignorons encore... la nature de la substance qui produit l'invisibilité...

— Un secret à détruire! m'écriai-je.

— Puis, si l'on m'en croit, continua le chef de police, le mieux sera de brûler le cadavre et d'en jeter les cendres au vent, comme on faisait des sorciers du Moyen Âge!»

M. Stepark envoya chercher une civière et nous le quittâmes, le lieutenant Armgard et moi, pour rentrer à l'hôtel Roderich.

Le capitaine Haralan était près de son père auquel il avait tout raconté. Dans l'état où se trouvait Mme Roderich, il avait paru prudent de lui laisser tout ignorer. D'ailleurs, la mort de Wilhelm Storitz ne lui rendait pas sa fille!

Quant à mon frère, il ne savait rien encore, et on dut le prévenir que nous l'attendions dans le cabinet du docteur.

Ce ne fut pas avec le sentiment de la vengeance satisfaite qu'il accueillit cette nouvelle! Et ces paroles désespérées de s'échapper au milieu des sanglots:

«Il est mort!... Vous l'avez tué!... Il est mort, sans avoir dit où est Myra!... Vivant... Myra... ma pauvre Myra... Je ne la reverrai jamais!»

Et, à cette explosion de douleur, que pouvait-on répondre?...

Je le tentai pourtant, comme on le fit plus tard à Mme Roderich. Non, il ne fallait pas renoncer à tout espoir... Nous ne savions où se trouvait Myra... si elle était retenue en quelque maison de la ville, ou si elle l'avait quittée... Mais un homme le savait... il devait le savoir... le serviteur de Wilhelm Storitz... cet Hermann... On le rechercherait... Fût-ce au fond de l'Allemagne, on le découvrirait!... Il n'aurait pas le même intérêt que son maître à se taire!... Il parlerait... on le forcerait à parler... dût-on lui offrir toute une fortune!... Myra serait rendue à sa famille... à son fiancé... à son mari... et la raison lui reviendrait à force de soins, de tendresse et d'amour!...

Marc n'entendait rien... il ne voulait rien entendre... Pour lui, le seul qui eût pu parler était mort... Il ne fallait pas le tuer... Il fallait lui arracher son secret!...

Je ne savais comment calmer mon frère, lorsque notre conversation fut interrompue par un tumulte du dehors.

Le capitaine Haralan et le lieutenant Armgard se précipitèrent vers la fenêtre qui s'ouvrait à l'angle du boulevard et du quai Bathiany.

Qu'y avait-il donc encore?... Et, dans la disposition d'esprit où nous étions, je crois que rien n'aurait pu nous surprendre, quand même il se fût agi de la résurrection de Wilhelm Storitz!...

C'était le funèbre cortège. Le cadavre, étendu sur une civière, et pas même recouvert d'un drap, était porté par deux agents, accompagnés du reste de l'escouade... Ragz allait savoir que Wilhelm Storitz était mort, et que cette période de terreur avait pris fin!

Aussi, après avoir suivi le quai Bathiany jusqu'à la rue Étienne II, le cortège devait-il traverser le marché Coloman, puis les quartiers les plus fréquentés jusqu'à la Maison de Ville.

À mon avis, il eût mieux fait de ne point passer devant l'hôtel Roderich!

Mon frère nous avait rejoints à la fenêtre, et là, il poussa un cri de désespoir en apercevant ce corps ensanglanté, auquel il aurait voulu rendre la vie, fût-ce au prix de la sienne!...

La foule s'abandonnait aux plus bruyantes démonstrations, hommes, femmes, enfants, des bourgeois, des paysans de la Puszta!... Vivant, Wilhelm Storitz eût été écharpé par elle! Mort, son cadavre fut épargné. Mais, sans doute, comme l'avait dit M. Stepark, la population ne voudrait pas qu'il fût inhumé en terre sainte. Il serait brûlé en place publique, ou précipité dans le Danube dont les eaux l'emporteraient jusqu'aux lointaines profondeurs de la mer Noire.

Pendant une demi-heure, les cris retentirent devant l'hôtel, puis le silence se fit.

Le capitaine Haralan nous dit alors qu'il allait se rendre à la résidence. Il voulait entretenir le gouverneur au sujet des recherches à faire pour retrouver Hermann. Il fallait écrire à Berlin, à l'Ambassade d'Autriche, mettre en mouvement la police allemande qui s'empresserait de donner son concours... Les journaux lui viendraient en aide... Des primes seraient offertes à quiconque découvrirait la retraite d'Hermann, l'unique dépositaire des secrets de Wilhelm Storitz, et, sans doute, le gardien de sa victime.

Le capitaine Haralan, après être une dernière fois monté à la chambre de sa mère, quitta l'hôtel, accompagné du lieutenant Armgard.

Je restai près de mon frère, et ce que furent ces douloureuses heures passées près de lui! Je ne pouvais le calmer, et je tremblais à voir cette surexcitation cérébrale toujours croissante! Il m'échappait, je le sentais bien, et je redoutais une crise à laquelle il ne résisterait peut-être pas!... C'était du délire!... Il voulait partir, partir le soir même, partir pour Spremberg... Dans cette ville, Hermann devait être connu... Pourquoi ne serait-il pas à Spremberg... et Myra avec lui?...

Qu'Hermann fût à Spremberg, c'était possible. Mais Myra, cela n'était pas admissible. Elle avait disparu la veille au soir, et ce matin, Wilhelm Storitz se trouvait encore à Ragz... J'inclinais plutôt à croire qu'elle avait été conduite aux environs de la ville... dans une maison où Hermann gardait ce pauvre être privé de raison, auquel il n'avait peut-être pas rendu sa forme visible!... Et, dans ces conditions, pouvait-on conserver l'espoir de la retrouver?...

Eh bien, mon frère se refusait à m'entendre... Il ne discutait même pas... Il n'avait qu'une idée... une idée fixe... partir pour Spremberg!...

«Et tu m'accompagneras, Henry, dit-il.

— Oui... mon pauvre ami», répondis-je. Et je ne savais si je parviendrais à détourner Marc de cet inutile voyage!

Tout ce que je pus obtenir, ce fut de remettre le départ au lendemain... J'avais à voir M. Stepark, à lui demander des recommandations pour la police de Spremberg, puis à prévenir le capitaine Haralan qui tiendrait à nous accompagner.

Vers sept heures, le lieutenant Armgard et lui rentrèrent à l'hôtel. Le gouverneur leur avait donné l'assurance que les plus promptes recherches allaient être organisées aux environs de Ragz, où il croyait, comme je le croyais aussi, que Myra devait être sous la garde d'Hermann.

Le docteur Roderich était encore près de Mme Roderich. Il n'y avait dans le salon que les deux officiers, mon frère et moi.

Les persiennes étant fermées, le domestique apporta une lampe qui fut placée sur une des consoles. Nous ne devions passer dans la salle à manger qu'au moment où le docteur serait descendu.

La demie de sept heures venait de sonner. Assis près du capitaine Haralan, j'allais lui parler du voyage de Spremberg, lorsque la porte de la galerie s'ouvrit assez vivement.

Sans doute, quelque courant d'air venu du jardin avait poussé cette porte, car je ne vis personne, et, ce qu'il y eut de plus extraordinaire, c'est qu'elle se referma d'elle-même...

Et alors – non! je n'oublierai jamais cette scène!

Une voix se fit entendre... non pas, comme à la soirée des fiançailles... la voix rude qui nous insultait avec ce *Chant de la haine*, mais une voix fraîche et joyeuse, la voix aimée entre toutes! la voix de Myra!...

«Marc... mon cher Marc, dit-elle, et vous, monsieur Henry... et toi, mon frère?... Eh bien, c'est l'heure du dîner!... A-t-on prévenu mon père et ma mère?... Haralan... va les chercher et nous nous mettrons à table... Je meurs de faim!... Vous êtes des nôtres, monsieur Armgard?...»

C'était Myra... Myra elle-même... Myra qui avait recouvré la raison... Myra guérie! On eût dit qu'elle descendait de sa chambre comme d'habitude! C'était Myra qui nous voyait et que nous ne voyions pas!... Myra invisible!...

Stupéfaits, cloués à nos sièges, nous n'osions ni bouger, ni parler, ni aller du côté d'où venait cette voix... Et pourtant Myra était là, vivante, et, nous le savions, tangible dans son invisibilité!...

Et d'où venait-elle donc?... De la maison où son ravisseur l'avait conduite en sortant de l'hôtel?... Mais elle avait donc pu s'enfuir, tromper la vigilance d'Hermann, traverser la ville, rentrer sans avoir été aperçue de personne?... Et cependant, les portes de l'hôtel étaient fermées et personne n'avait pu les lui ouvrir!...

Non, et l'explication de sa présence ne tarda pas à nous être donnée... Myra descendait de sa chambre où Wilhelm Storitz l'avait rendue et laissée invisible... Alors que nous la croyions hors de l'hôtel, elle n'avait pas quitté son lit... elle y était restée étendue, immobile, toujours muette et inconsciente pendant ces vingt-quatre heures!... À personne n'était venue cette pensée qu'elle pouvait être là, et, en vérité, cette pensée pouvait-elle nous venir!

Et, si Wilhelm Storitz ne l'avait pas enlevée aussitôt, c'est qu'il en avait été empêché, sans doute; mais il serait revenu accomplir son crime, si, ce matin même, il n'eût été tué par le capitaine Haralan!...

Et voici que Myra, ayant retrouvé la raison, peut-être sous l'influence de cette liqueur qui l'avait mise en état d'invisibilité, Myra, ignorante de ce qui s'était passé depuis une semaine, Myra était dans ce salon, nous parlant, nous voyant, n'ayant pu dans l'obscurité, en descendant de sa chambre, se rendre compte qu'elle ne se voyait pas elle-même!...

Marc s'était levé, les bras ouverts comme pour saisir Myra...

Et elle reprit:

«Mais qu'avez-vous donc, mes amis?... Je vous interroge... et vous ne me répondez pas?... Vous paraissez surpris de me voir?... Qu'est-il donc arrivé?... Et comment ma mère n'est-elle pas là?... Est-ce qu'elle serait souffrante?...»

Elle n'acheva pas cette phrase. La porte venait de s'ouvrir de nouveau et le docteur Roderich entra.

Aussitôt Myra de s'élancer vers lui – nous le supposions du moins – car elle s'écria:

«Ah! mon père!... Qu'y a-t-il donc?... Et ma mère qui ne vient pas?... Est-elle malade?... Je vais monter à sa chambre...»

Le docteur, arrêté sur le seuil, avait compris...

Cependant Myra était près de lui, elle l'embrassait et répétait:

«Ma mère... ma mère!...

— Elle n'est pas malade!... balbutia-t-il. Elle va descendre... Reste, mon enfant, reste!»

En ce moment, Marc avait trouvé la main de Myra, et il l'entraînait doucement, comme s'il eût conduit une aveugle...

Elle ne l'était pourtant pas, et ceux-là seuls l'étaient qui ne pouvaient la voir!

Puis, mon frère la fit asseoir près de lui...

Elle ne parlait plus, effrayée de l'étrange effet que produisait sa présence au milieu de nous, et Marc, d'une voix tremblante, murmura ces paroles auxquelles elle ne devait rien comprendre:

«Myra... ma chère Myra!... Oui!... c'est bien toi... Je te sens là... près de moi!... Oh! je t'en supplie... ma bien-aimée... ne t'en va pas...

— Mon cher Marc... Cet air bouleversé... Tous... vous m'effrayez... mon père... réponds-moi!... Il y a donc un malheur?... Ma mère... ma mère!...»

Marc sentit qu'elle se levait et il la retint... doucement...

«Myra... ma chère Myra... parle... parle encore!... Que j'entende ta voix... toi... toi... ma femme!... ma bien-aimée Myra!...»

Et nous étions là, terrifiés à cette pensée que celui-là seul qui aurait pu nous la rendre sous sa forme visible était mort en emportant son secret!

XVIII

Cette situation, dont nous n'étions plus les maîtres, se terminerait-elle par un dénouement heureux?... Qui aurait eu cet espoir?... Et, comment ne pas désespérer, à se dire que Myra était à jamais peut-être rayée du monde visible?... Aussi, à cet immense bonheur de l'avoir retrouvée, se mêlait cette immense douleur qu'elle ne fût pas rendue à nos regards dans toute sa grâce et toute sa beauté!

On imagine ce qu'allait être dans ces conditions l'existence de la famille Roderich!

Et tout d'abord, dans ce salon, au milieu de nous, Myra jeta un cri désespéré... Elle venait de chercher à se voir, et ne s'était pas vue... Elle se précipita vers la glace de la cheminée, elle n'aperçut pas son image... et lorsqu'elle passa devant la lampe posée sur la console, elle ne vit pas son ombre se projeter derrière elle!...

Il avait fallu tout lui dire, et alors nous entendîmes les sanglots qui s'échappaient de sa poitrine, tandis que Marc, agenouillé près du fauteuil où elle venait de s'asseoir, essayait de calmer sa douleur. Il l'aimait visible, il l'aimerait invisible. Cette scène nous déchirait le cœur.

Le docteur voulut alors que Myra montât dans la chambre de sa mère. Mieux valait que Mme Roderich la sût près d'elle, l'entendît lui parler...

Quelques jours s'écoulèrent! Eh bien, Myra s'était résignée. Grâce à sa force d'âme, il sembla que l'existence normale eût repris son cours dans l'hôtel. Myra nous prévenait de sa présence en parlant à l'un, à l'autre, nous questionnant. Je l'entends encore disant:

«Mes amis, je suis là... Avez-vous besoin de quelque chose? Je vais vous l'apporter!... Mon cher Henry, que cherchez-vous?... Ce livre que vous avez posé sur la table, le voici!... Votre journal? il est tombé près de vous!... Mon père... c'est l'heure où d'habitude je vous embrasse!... Et toi, mon frère, pourquoi me regardes-tu avec des yeux si tristes?... Je t'assure que je suis toute souriante!... Pourquoi te faire de la peine!... Et vous... vous, mon cher Marc, voici mes deux mains... prenez-les... Voulez-vous venir au jardin?... Nous ferons un tour ensemble... Donnez-moi votre bras, Henry, et nous causerons de mille et mille choses!»

L'adorable et bonne créature n'avait pas voulu qu'il fût apporté aucun changement à la vie de famille. Marc et elle passaient de longues heures ensemble. Myra ne cessait de lui faire entendre d'encourageantes paroles, tandis qu'il lui tenait la main... Elle essayait de le consoler, affirmant qu'elle avait confiance dans l'avenir, que cette invisibilité cesserait un jour... Et cet espoir, l'avait-elle réellement?

Une exception, cependant, une seule fut faite, c'est que Myra ne venait plus prendre place à table au milieu de nous, comprenant combien sa présence dans ces conditions eût été pénible. Mais le repas achevé, elle redescendait au salon, on l'entendait ouvrir et refermer la porte, disant:

«Me voilà, mes amis, je suis là!»

Et elle ne nous quittait plus qu'à l'heure de remonter dans sa chambre, après nous avoir donné le bonsoir.

Je n'ai pas besoin de le dire, si la disparition de Myra Roderich avait produit tant d'effet dans la ville, sa réapparition, – n'est-ce pas le mot dont je dois me servir! – en produisit un plus grand encore! De toutes parts arrivèrent des témoignages de la plus vive sympathie, et les visites affluèrent à l'hôtel. Du reste, Myra avait renoncé à toute promenade à pied dans les rues de Ragz. Elle ne sortait qu'en voiture, accompagnée de son père et de sa mère, de Marc et du capitaine Haralan, et parfois elle put entendre d'affectueuses paroles qui lui allaient au cœur. Mais elle préférait s'asseoir dans le jardin, au milieu de tous ceux qu'elle aimait, et auxquels, moralement du moins, elle était rendue tout entière!

On ne l'a pas oublié, après la mort de Wilhelm Storitz, le gouverneur de Ragz avait fait entreprendre des recherches en vue de retrouver Hermann. C'était alors dans le but de découvrir la retraite de Myra, puisqu'on supposait, avec raison, qu'elle devait être gardée par le serviteur de Wilhelm Storitz.

Or, ces recherches allaient continuer, car tout donnait à penser qu'Hermann devait être le confident de son maître, qu'il possédait en partie ses secrets, et on ne doutait pas qu'il ne fût capable de rendre à Myra sa visibilité perdue.

En effet, Wilhelm Storitz avait, assurément, la faculté de se rendre, à son gré, invisible ou visible, et ce qu'il pouvait, Hermann devait le pouvoir. Une fois découvert, on saurait lui arracher son secret, soit par promesses de le lui payer chèrement, soit par menaces de le rendre responsable du crime de son maître, car n'était-ce pas un crime des plus odieux?

On fit donc toute diligence à ce sujet. Au surplus, l'affaire avait eu un énorme retentissement. Les journaux en avaient donné les détails, et ne cessaient de tenir au courant le public du monde entier. On se passionnait pour Myra Roderich! On discutait la découverte du chimiste allemand; ses terribles conséquences au point de vue de la sécurité sociale, l'intérêt qu'il y avait à ce que ce secret ne fût pas divulgué par le seul homme qui, probablement, en connaissait la formule.

Je dis probablement, car, si d'autres que lui l'eussent possédée, ils n'auraient pas résisté à l'appât des primes qui étaient offertes, non seulement par la famille Roderich, mais aussi par les polices de l'Ancien et du Nouveau Monde.

Or, aucune révélation ne se produisit, et on en conclut que le serviteur de Wilhelm Storitz devait seul être détenteur de son secret.

D'autre part, les enquêtes faites à Spremberg ne donnèrent aucun résultat. Les autorités avaient cependant prêté leur concours, et on sait que la police prussienne est une des premières de l'Europe. Il fut impossible de découvrir en quel endroit s'était réfugié Hermann, ni à Spremberg ni ailleurs.

Hélas! on eut bientôt la certitude que ces recherches ne pouvaient aboutir.

Il avait été décidé par la municipalité de Ragz, et dans le but d'éteindre jusqu'au souvenir de cette malheureuse affaire, que les ruines de la maison du boulevard Téléki disparaîtraient. On enlèverait les décombres, on abattrait les derniers pans de murs, et de cette demeure, isolée sur cette contre-allée du boulevard, il ne resterait plus vestige.

Or, dans la matinée du 2 juin, lorsque les ouvriers se rendirent à la maison Storitz pour procéder au déblaiement, ils trouvèrent un corps étendu au fond du jardin. C'était celui d'Hermann, qui fut immédiatement reconnu. Si le vieux serviteur était venu là, invisible, la mort, comme à son maître, lui avait rendu la visibilité. On put constater, d'ailleurs, qu'il avait succombé à une rupture du cœur.

Ainsi le dernier espoir venait de s'évanouir, et le secret de Wilhelm Storitz avait disparu avec lui.

En effet, dans les papiers déposés à la Maison de Ville, après un minutieux examen, on ne trouva que de vagues formules, des notations à la fois physiques et chimiques, où l'on crut reconnaître la double intervention des rayons Roentgen et de l'électricité. Mais impossible d'en rien déduire relativement à la reconstitution de cette substance qui permettait de se rendre instantanément visible ou invisible!...

Et maintenant, la malheureuse Myra ne reparaîtrait-elle donc à nos yeux qu'à l'heure où la vie l'aurait abandonnée, et lorsqu'elle serait étendue sur son lit de mort?...

On était au 5 juin. Dans la matinée, mon frère vint me trouver. Il me parut relativement plus calme, et il me dit:

«Mon cher Henry, voici la résolution que j'ai prise et dont j'ai voulu te faire part d'abord. Je pense que tu l'approuveras, et aussi qu'elle sera approuvée de tous.»

Je l'avouerai, pourquoi ne pas l'avouer, je pressentais où Marc voulait en venir.

«Mon ami, répondis-je, parle en pleine confiance!... Je sais que tu n'auras écouté que la voix de la raison...

— De la raison et de l'amour, Henry! Myra est ma femme devant la loi... Il ne manque à notre mariage que la consécration religieuse, et cette consécration, je veux la demander... et je veux l'obtenir...»

J'attirai mon frère dans mes bras, et lui dis:

«Je te comprends, Marc, et je ne vois pas ce qui pourrait faire obstacle à ton mariage...

— Un obstacle n'aurait pu venir que de Myra, répondit Marc, et Myra est prête à s'agenouiller près de moi devant l'autel! Si le prêtre ne la voit pas, il l'entendra, du moins, déclarer qu'elle me prend pour époux comme je la prends pour femme!... Je ne pense pas que l'autorité ecclésiastique puisse faire quelque difficulté, et d'ailleurs, dussè-je aller...

— Non, mon cher Marc, non, et je me charge de toutes les démarches...»

Ce fut d'abord au curé de la cathédrale que je m'adressai, à l'archiprêtre qui avait officié à cette messe de mariage interrompue par une profanation sans exemple. Le vénérable vieillard me répondit que le cas avait été préalablement examiné, que l'archevêque primat de Ragz avait donné une solution favorable, après l'avoir soumis en cour de Rome. Il n'était pas douteux que la fiancée fût vivante, et, dès lors, apte à recevoir le sacrement du mariage.

Bref, la date de la cérémonie fut fixée au 12 juin.

La veille, Myra me dit comme elle me l'avait dit une fois déjà:

«C'est pour demain, mon frère!... N'oubliez pas!...»

C'est à la cathédrale de Saint-Michel, maintenant réconciliée suivant les règles liturgiques, que le mariage serait célébré dans les mêmes conditions, mêmes témoins, mêmes amis et invités de la famille Roderich, même affluence de la population.

Qu'il s'y mêlât une dose de curiosité plus grande, je l'accorde, et cette curiosité, on la comprendra, on l'excusera! Sans doute, il restait encore dans cette assistance certaines appréhensions dont le temps seul triompherait! Oui! Wilhelm Storitz était mort, oui! son serviteur Hermann avait été retrouvé mort dans le jardin de la maison maudite... Et pourtant, plus d'un se demandait si cette seconde messe de mariage n'allait pas être interrompue comme la première... si de nouveaux phénomènes ne troubleraient pas la cérémonie nuptiale...

Voici les deux époux dans le chœur de la cathédrale. Le fauteuil de Myra paraît inoccupé. Et elle est là dans sa toilette de mariée toute blanche, invisible comme elle...

Marc est debout, tourné vers elle. Il ne peut la voir, mais il la sait près de lui, il la tient par la main, pour attester sa présence devant l'autel.

Derrière sont placés les témoins, le juge Neuman, le capitaine Haralan, le lieutenant Armgard, et moi, – puis M. et Mme Roderich, la pauvre mère, agenouillée, implorant du Tout-Puissant un miracle pour sa fille!... espérant peut-être qu'il allait se faire dans le sanctuaire de Dieu. Autour se pressent les amis, les notabilités de la ville, jusque dans la grande nef, et les bas-côtés fourmillent de monde.

Les cloches sonnent à toute volée, les orgues résonnent à pleins jeux.

L'archiprêtre et ses assistants sont arrivés. La messe commence, ses cérémonies se déroulent au chant de la maîtrise, et, à l'offrande, on voit Marc, qui conduit Myra, se diriger vers la première marche de l'autel... Puis il la ramène, après que son aumône est tombée dans l'aumônière du diacre.

Enfin, à l'élévation, après les trois tintements de la sonnette, l'hostie est levée vers le ciel, et, cette fois, la consécration s'achève au milieu du profond silence des fidèles!...

La messe terminée, le vieux prêtre s'est retourné vers l'assistance. Marc et Myra se rapprochent, et il dit:

«Vous êtes là, Myra Roderich?...

— Je suis là», répond Myra.

Et s'adressant à Marc:

«Marc Vidal, voulez-vous prendre Myra Roderich ici présente pour épouse suivant les rites de notre Sainte Église?

— Je le veux, répond Marc.

— Myra Roderich, voulez-vous prendre Marc Vidal ici présent pour époux suivant les rites de notre Sainte Église?

— Je le veux, répond Myra d'une voix qui fut entendue de tous.

— Marc Vidal, continua l'archiprêtre, promettez-vous de garder la fidélité en toutes choses comme un fidèle époux le doit à son épouse selon le commandement de Dieu?

— Oui... je le promets.

— Myra Roderich, promettez-vous la fidélité en toutes choses comme une fidèle épouse le doit à son époux suivant le commandement de Dieu?

— Oui... je le promets.»

Et Marc et Myra sont unis par le sacrement du mariage.

La cérémonie achevée, les époux, leurs témoins, leurs amis, se rendent à la sacristie, au milieu de la foule qu'ils peuvent à peine traverser.

Là, sur les registres de la fabrique[1], au nom de Marc Vidal vient se joindre un autre nom tracé par une main qu'on ne peut voir... le nom de Myra Roderich!

---

1. Fabrique: charge de l'administration d'une église, selon le *Robert*. Jules Verne l'emploie dans le sens de «paroisse».

XIX

Tel est le dénouement de cette histoire, en attendant qu'un autre plus heureux lui soit peut-être donné?

Il va sans dire que les nouveaux époux avaient abandonné leurs projets d'autrefois. Il ne pouvait plus être question d'un voyage en France. Je prévoyais même que mon frère ne ferait plus à Paris que de rares apparitions, et qu'il se fixerait définitivement à Ragz. Gros chagrin pour moi, auquel je devrais me résigner.

Le mieux, en effet, était de vivre, sa femme et lui, dans le vieil hôtel, près de M. et Mme Roderich. D'ailleurs, on s'accoutumerait à cette existence, et Myra, je le répète, il semblait qu'on la vît gracieuse et souriante... Elle révélait sa présence par ses paroles, par la pression de sa main! On savait toujours où elle était et ce qu'elle faisait. Elle était l'âme de la maison, – invisible comme une âme!

Et puis il y avait cet admirable portrait d'elle fait par Marc. Myra aimait à s'asseoir près de cette toile, et, de sa voix réconfortante, elle disait:

«Vous le voyez bien... C'est moi... je suis là... je suis redevenue visible... et vous me voyez comme je me vois!»

Ayant obtenu une prolongation de congé, je restai encore quelques semaines à Ragz, vivant à l'hôtel Roderich dans la plus complète intimité de cette si éprouvée famille, et je ne voyais pas s'approcher sans regret le jour où il faudrait partir!...

Et je me demandais, parfois, s'il fallait désespérer de jamais revoir la jeune femme dans sa forme matérielle, si quelque phénomène physiologique ne se produirait pas, ou si même le temps n'agirait pas, qui ramèneraient la visibilité perdue, si un jour, enfin, Myra ne reparaîtrait pas à nos yeux, rayonnante de jeunesse, de grâce et de beauté?...

L'avenir le fera peut-être, mais fasse aussi le Ciel que le secret de l'invisibilité ne se retrouve plus, et qu'il soit à jamais enseveli dans la tombe d'Otto et de Wilhelm Storitz!